RACCOON CITY
_GROUND
_UNDERGROUND

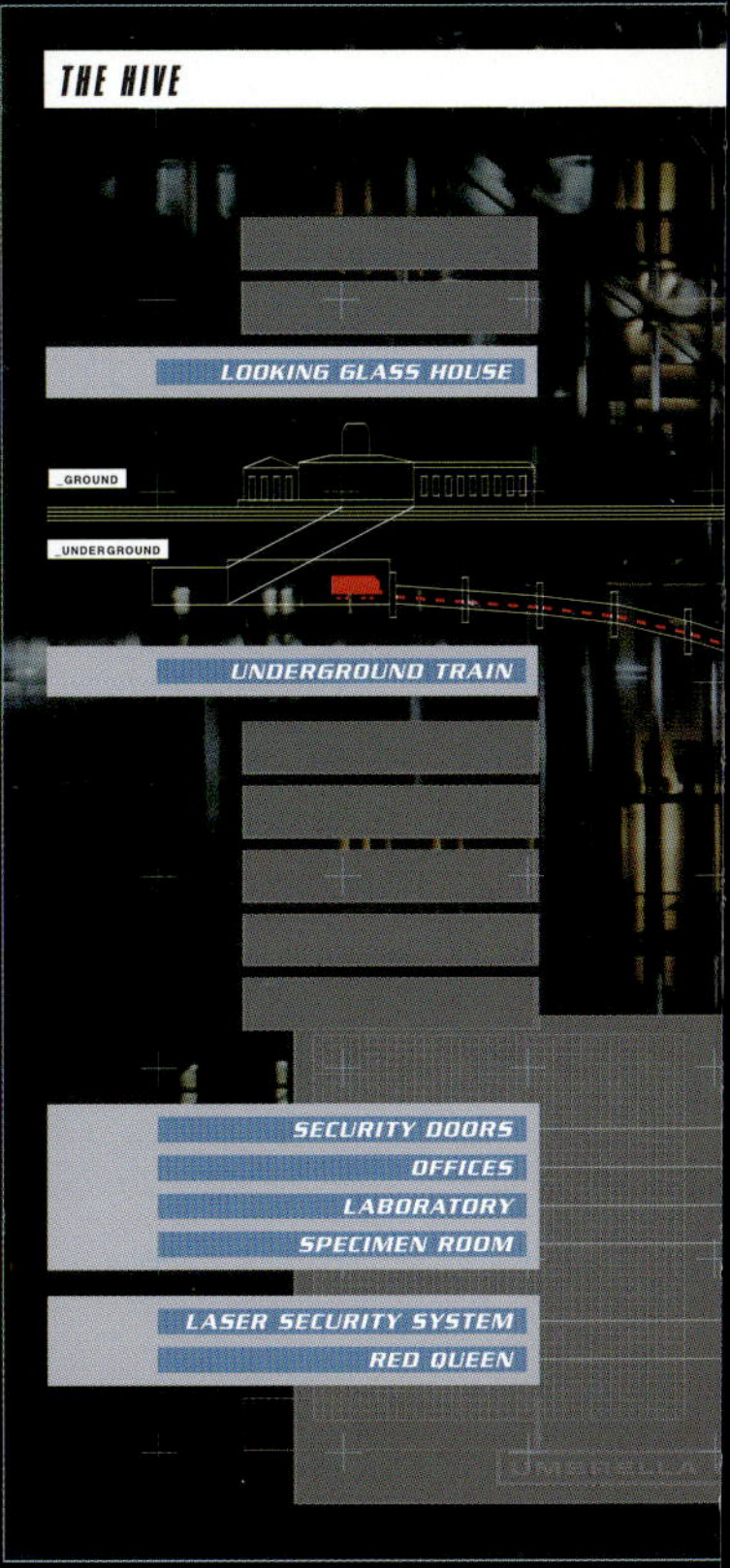
THE HIVE
LOOKING GLASS HOUSE
_GROUND
_UNDERGROUND
UNDERGROUND TRAIN
SECURITY DOORS
OFFICES
LABORATORY
SPECIMEN ROOM
LASER SECURITY SYSTEM
RED QUEEN

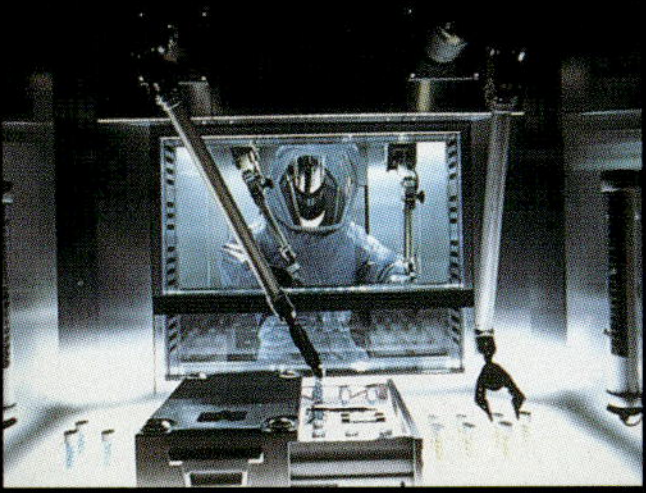

バイオハザード

ポール・W・S・アンダーソン=脚本
牧野 修

角川ホラー文庫
12550

BIOHAZARD
Based upon Capcom's videogame
"Biohazard" and

A motion picture screenplay written by
Paul W. S. Anderson

Translated and adapted as a novel by
Osamu Makino
Published in Japan by
Kadokawa Shoten Publishing Co., Ltd.

目次

プロローグ　七
第一章　鏡の館　一五
第二章　赤の女王　五九
第三章　クイーン・アリス　一五一
第四章　目覚め　二三
エピローグ　二五七
解説　笹川吉晴　二六三

主な登場人物

アリス……鏡の館を守る使命を帯びた特殊部隊員。〈蜂の巣(ハイブ)〉の防御システムが作動し記憶を奪われている。

レイン……特殊部隊S.T.A.R.S.の隊員。

マット……S.T.A.R.S.が鏡の館に突入時捕らえた謎の男。

スペンス…アリスと偽装結婚し、鏡の館を守る特殊工作員。同じく記憶を奪われている。

ワン………S.T.A.R.S.の隊長。強靭(きょうじん)な肉体と精神力で部下の信頼が厚い。

カプラン…S.T.A.R.S.の隊員。コンピューター機器のプロフェッショナル。

JD………S.T.A.R.S.隊員。任務遂行の途中でアンデッドに襲われる。

リサ………マットの妹。ハイブで働いていたが、行方不明になる。

一つだけ、確かなことがありました。白いほうの子ねこには、かかわりがなかったということです。それはみんな、黒い子ねこがいけなかったのです。

プロローグ

たとえば敷地内を管理するメイン・コンピューターに赤の女王(レッド・クイーン)と名付けるセンスに彼女は溜息(ためいき)をつく。

なぜ我々は女王などに統治されなければならない。ここはアメリカ中西部の工業都市ラクーンシティーの地下深くに設置された研究所だ。それだけでも閉塞感(へいそく)は充分だった。それ以上に暑苦しい名前を、なぜただの機械につけなければならないのだ。

「やあ、リサ」

青白い顔の同僚が、儀礼的な笑みを浮かべて通っていった。

「おはよう」

リサもまた笑顔で挨拶(あいさつ)する。それに心がこもっているとは自分でも思えない。

いつでも挨拶はおはようだ。

朝日などここでは見ることはできないのに。

おおよそ五百名のスタッフがここで働いている。設備は最新だし、行われている研究はどれもが最先端だ。にもかかわらず、彼女にはここが五百人を収容した棺桶(かんおけ)に思える。巨大な墓地と死の世界を統治する赤の女王。黒き双頭の魔犬に守られた忌まわしい地下世界。

リサの頭を満たしている数々の冥界(めいかい)のイメージ。

楽しい空想ではない。

リサが「死」のイメージに囚われているのは、決してこの研究所が地下に設置されているからだけではない。問題はこの研究所で何が行われているかということだ。リサはそれを知った。知るためにここにやってきたのだから。

そしてそれを知った日から、白々とした研究室も清潔なオフィスもなにもかもが、深い闇の底に沈む死の世界として見えるようになった。

だが、それももうすぐ終わりだ。

明日になれば私はこの地下深くに造られた〈蜂の巣〉から出ていく。

ここを、そしてアンブレラ・コーポレーションを葬り去る情報を手に入れたらすぐに。

「どうした、リサ。顔色が悪いぞ」

あなたもね。

リサが呟いたときだ。

警報が鳴り響いた。人を浮き足立たせる音。不安を呼び起こすために造られた電子音。

誰もが所在なく周囲を見回した。

「火災訓練だ」と誰かが言う。

「火災訓練か」と誰かが繰り返す。

皆が安堵のためにこそ、そこかしこで火災訓練だと口にする。安全を約束する呪文のように。が、それでもなお視線は何か危険な兆候を求めて周囲を見回している。

しかし誰も、危険なものを見つけていない。不安はあるが、どこかでそれは杞憂に終わるのだと確信している。

リサにしても同じだ。だからこそ、神経に障る警報が鳴りやむと同時に、何もかも終わったのだと思った。

しかしそれは間違いだった。

扉を叩く音がした。

オフィスのガラス製の扉を、同僚の一人が叩いている。分厚い防災用のガラスだ。その安全性をひとしきり上司から説明されたことをリサは覚えていた。

「開かないんだ」

リサがそばに行くと、その男は無理矢理笑顔を浮かべて言った。

彼女も扉に手を掛けてみる。

押すことも引くこともできない。

鍵が掛かっているのだ。

「火災訓練ね」

リサもまたその魔法の呪文を口にした。

「もうちょっとしたら開くわよ」

だがそう言ってるガラスの向こうでは、ちょっとしたパニックが引き起こされようとしていた。どうやら廊下の隔壁も閉じてしまったようなのだ。

ヒステリックに金属の扉を叩く職員。苛立ち(いらだ)をそのままに汚い言葉を吐く男たち。

リサは溜息をついた。せっかく明日にはここから、悪しき死の世界から抜け出られるというのに。そう考え、しかし慌ててその言葉をうち消す。

いや、決してここから出られなくなったというわけではないのだ。

しかし、まさか、もしかして……あの女が裏切ったのでは……。

最初に毒蛇が威嚇するような音が聞こえた。それに続いて悲鳴がした。

皆が一斉に立ち上がった。

廊下の向こうで白く霧状のガスが噴出していた。

いや、廊下だけではない。

オフィスの中にもガスが噴き出してきている。悲鳴はそこかしこに伝染した。

リサは刺激臭を感じた。

誰かが叫んだ。

「ハロンだ！」

皆が出口を求め、でたらめな方向へと脚を進めた。開いている扉などどこにもなく、廊下も隔壁で細かく寸断されている。

ガスは見る間に部屋を満たしていった。

叫び声。

怒声。

泣き声。

呻き声。

逃げなきゃ。

リサはそう思い、振り返り、そして脚がもつれた。

天地が逆になったような気がした。

立とうとするのだが、脚がまともに動かない。どこに力を入れればいいのかがわからない。どこに脚を伸ばせばいいのかがわからない。第一私の脚はどこだ。

ハロンだ。そう、ハロンガス。逃げなきゃ。ここから逃げなきゃ。

口にするリサは、しかしもうそれが何を意味しているのかすらわからない。

ハロンだ。

再び呟き、リサは転倒した。

激しく床に頭を打ちつけ、彼女はその時あっさりと死んだ。その日〈蜂の巣〉で死んだ五百人以上もの人々の中では、幸福な死に方だった。

第一章　鏡の館

「君はなんというものなの？」と、ついに子じかがいいました。とてもやさしい気持ちのいい声でした！

「それがわかりさえしたらねえ！」とアリスは思い、いくらか悲しそうに、「ちょうど今は、なんでもないものなの」

1

目が覚めた。

目を見開きそこに見えたもの。

大理石の壁。

タイル。

そしてシャワー。

ここはバスルームだ。

そしてバスタブの中にいた。

バスタブで目覚めた？

何も身につけていなかった。

全裸で、バスタブで、目覚めた。

ゆっくりとその状況を考える。いったいこれはどういうことなのかと。身体は濡れていないが、冷えてもいない。

シャワー・カーテンがレールから外れて屍衣のように覆い被さっている。それを引き剝がし、立ち上がった。

バスルームは広い。

とても広い。

バスタブから一歩出て、自分の身体を見る。

締まった筋肉質の身体。

形のいい乳房。

女だ。私は女だ。

若い女。

そう、これが私の身体なのだ。

姿見があった。

前に立つ。

そこに見知らぬ顔があった。

どこかで見た顔ではある。

当然だ。自分の身体の上にあるこの顔を、私が知らないはずがない。

これが、私の、顔。

で、この顔の持ち主は誰……。

彼女は何も覚えていなかった。

何もだ。

私は誰なのか。ここにどうしているのか。今がいつで今まで何をしていたのか。

頭の中をいくら探っても解答はどこにもない。

不安だった。

裸であることが不安を増しているのではないかと、置かれてあったガウンをまとってみる。

不安であることに変わりはなかった。

しかし、と彼女は思う。記憶を失って全裸で目覚めた女にしては落ち着いてはいないだろうか。他の誰かと比較などできることではないのだろうが。しかしそんなことを考えているこど自体が落ち着いている証拠ではないだろうか。

シャワーを浴びているときに私は倒れた。その時シャワー・カーテンを摑んで、レールから外れてしまったのだろう。サイコの一シーンのように。ヒッチコックの有名なその映画を私は知っている。すべての知識が失せたわけでもなさそうだ。めまぐるしく様々なことを考えながら、しかし彼女は茫洋とした表情でゆっくりと浴室を出る。

そこはベッドルームだ。

天蓋のついた四柱式ベッドは重い垂れ布で囲まれている。その上で牛が飼えそうな巨大なベッドだった。

その後ろには広い窓がある。重く古びたカーテンを一気に開いた。

古風で装飾的な庭園があった。綺麗に刈り込まれた迷路まである。

ここは広い屋敷だ。

古く豪奢な造りの、広い屋敷。

豪邸といってもいいだろう。

ここに私は住んでいたのだろうか。

それとも招かれてきたのか。

窓のそばにある飾り机の上に写真立てがあった。そこには、さっき鏡で見た顔、つまり私がうつっていた。白いベールを被りウエディングドレスを着ている。隣には黒いスーツの男が立っていた。女は男と腕を組んでいる。そして二人とも微笑んでいた。

彼女は考える。

どう見ても結婚式の風景であり、そうであるなら、私は結婚しており、相手はこの男だ。

いや、既に離婚している可能性もあるのだが。

いずれにしてもこの屋敷に住んでいたのだろうか。

ベッドの上に服が置いてあった。シャワーを浴びる直前まで着ていたものかもしれない。

とりあえずその赤いワンピースを身につけ、置いてあった黒いブーツを履く。サイズは彼女に丁度だった。なんだか組み合わせがおかしいかとも思ったけれど、もう着替えなおす気もない。それよりもベッドサイドに置かれてあったメモが気になる。そこにはこう書かれてあった。

——今日、君の夢がすべて叶(かな)う

彼女はその下に同じ文章を書いてみる。

メモに書かれた文字とはまったく違っていた。これは彼女以外の誰かが書いた文章なのだ。

ベッドサイドにあった木製の箪笥(たんす)の引き出しを開いていく。下着が整然と並んでいる。

どれもこれもアイロンがしっかりあてられた真っ白の下着。もしかしたらすべてが新品かもしれない。そして一番下の引き出し。

それにはガラスの蓋（ふた）が被せられ、施錠してあった。そのガラスの下にあるもの。

銃だ。

それも軽機関銃（SMG）だ。

SMG？

思いついて彼女は疑問に思う。

これは一般的な用語だろうか。

誰もが——こんな屋敷に住んでいる女なら誰もが知っている言葉なのだろうか。

彼女は寝室から廊下に出た。

長い長い廊下だ。見知らぬ人間の肖像画が並べられている。それが親戚（しんせき）なのかそうでないのか、彼女にはわからない。つきあたりに人影が見える。上から、すっぽりと布を被せられたそれは、しかしぴくりとも動きはしない。どうやら彫刻のようだ。

延々と廊下を歩き、屋敷から外に出た。

そこに広がるのは夕暮れの森と湖。静謐（せいひつ）として、神秘的な風景。まるで美術館に飾られている風景画だ。

風が吹いてきた。
樹々が低く囁(ささや)きあうように揺れ、何かから逃れて枯れ葉が飛ぶ。
何千というカラスが悲鳴のような声をあげ、一斉に飛びたった。
厭(いや)な予感がした。
そこから見える景色のあまりの美しさにも不吉なものを感じる。
引き返せ引き返せ。
内なる声に従って彼女は屋敷の中に引き返した。
と、いきなり後ろから抱きすくめられた。
彼女は身体をひねってその腕から逃れる。
男だ。
若い男。
その姿を見ると同時に、まっすぐ脚が伸びていた。
ブーツの甲が、男の股間(こかん)に叩(たた)きつけられる。
男の顔色が一瞬で失せる。
股間を押さえ、呻(うめ)き声をあげてしゃがみ込んだ。
だが、一番驚いているのが彼女だった。

身体が勝手に動いていた。

どうすれば効率的に相手を倒せるのかを、身体が瞬時に判断したのだ。

男が顔を上げた。

苦痛に歪（ゆが）んだその顔。

あなたは誰。

尋ねようとしたときだった。

廊下に面して大きな窓が並んでいる。そのガラスが割れた。

と、黒い小さな円盤がそこから投げ入れられた。

咄嗟（とっさ）に彼女は俯（うつぶ）せ目を閉じ、耳をしっかりと押さえた。

同時に凄（すさ）まじい閃光（せんこう）と大音響が周囲を満たした。それはもう「音」や「光」と呼べるレベルのものではなく、凶暴な力で人の感覚を攪拌（かくはん）する。

彼女と対峙（たいじ）していた男は、その場に倒れた。

廊下沿いのガラスが次から次へと割られる。そこから漆黒の防護服をつけ、黒のガスマスクを被（かぶ）った者たちが一斉に突入してきた。

床に伏せ薄目で彼女はそれを見た。

どこか昆虫じみたそのユニフォームは特殊部隊のものだ。

彼女はそれを知っている。

少なくともこの屋敷や外の風景以上に、私はこれに馴染(なじ)んでいる、と彼女は思っている。

男は抵抗する間もなく手を後ろにねじられ、床に押さえつけられていた。俺は警官だ、と何度も繰り返している。

彼女は肩を摑まれ起こされた。

「報告しろ」

特殊部隊の男はくぐもった声でそう言った。

彼女はマスクの向こうにあるであろう目を見ようとした。しかし遮光グラスに反射した己れの顔しか見えない。

「報告するんだ、アリス」

男は再び言った。

アリス……それが私の名前。

「隊長、防御システムが作動しています」

一人の隊員が手帳ほどのサイズの機械を操作しながら言った。

「神経ガスの反応があります」

「記憶障害か」

隊長と呼ばれた男はアリスを見ながら言うと自らのマスクを剝ぎ取った。彼女は何となく力だけが自慢の白人だと思っていたのだが、マスクの下から現れたのは理知的な目をした黒人だった。

「止めろ！　腕が折れる」

警官だと名乗った男が床に押さえつけられ、後ろ手に手錠を掛けられていた。

「情けない声を出すな」

片手で支えた軽機関銃の銃口を突きつけてそう言ったのは女性だ。マスクを取ると、意外なほど愛らしい顔が現れた。が、その目だけは猛禽類の目だ。射抜くように男を見下ろしている。

「おまえは」

隊長が男に尋ねる。

「警官だ」

顔を歪め男が答えた。

「レイン」

隊長が目で指示すると、猛禽類の目をした女が男のポケットを探り、ＩＤカードを取り出した。

「マット・アディソン。地元の警官です」

レインが言った。

そのIDカードを見ながら、腕に取り付けたコンパクトな端末のキイを操作した隊員が付け加える。

「こいつのデータはありませんね」

マットはすかさず言った。

「転勤直後でまだ未入力なんだ」

「カプラン、信用できるか」

隊長は腕に端末をつけた男を見た。

「地元警察は確かに非能率的です。可能性はありますが」

「で、こいつの処置は」

レインが男を押さえる腕に力を込めた。

男の顔がまた歪む。歪む男の顔を見るレインは嬉しそうだ。

隊長は男をちらと見てから言った。

「連れて行く」

レインがマットを立たせた。

立たせた、というより持ち上げたという方が正しいかもしれない。

男の足が一瞬地面から離れた。

またもや顔を歪め、男が怒鳴った。

「手錠を外せ！」

「うるせえよ」

レインは嚙みつくほど男に近づきそう言った。

2

隊員たちは安全を確保しながら先へと進んでいく。慎重に、しかし迅速に隊長の指示の下、全員はなすべきことを果たしていく。

装飾的なタイルの置かれた広間にやってきた。

「カプラン」

隊長の指示でカプランがしゃがみ込む。

ナイフの刃をタイルの隙間に差し入れ、一枚を剝がした。その下に金属のパネルがあり、プラグの差し込み口が現れた。

　カプランは端末からコードを伸ばし、ジャックを差し込んだ。キイを操作する。

「開きます。集まってください」

　隊員がすべて、カプランを囲むようにして集まる。

　がくり、と揺れて床の一部が下へと沈み込んだ。床全体が昇降機となっているのだ。数秒で床は一階分地下へと潜る。

　目の前に現れたのは洞窟だ。

　それ自体は天然のものだろうが、そこに階段が掘られてある。さらなる地下へとつながる長く大きな階段を皆が駆け下りる。

　長い階段を下りると、横穴があった。これも天然の洞窟だが、足下は舗装された道路だ。

　その奥に扉があった。

　分厚いスチールのそれには『アンブレラ・コーポレーション』と記されていた。

　その扉を抜けると驚くべきことに、そこにあったのはプラットホームだった。

　こぢんまりしたプラットホームには、二両編成の車両が停まっていた。

　手際よく全員が中に乗り込んでいく。

「カプラン、起動しろ」

隊長に言われ、カプランがパネルを操作する。唸るような音とともに電車に灯りが点った。

カプランがパネルに指で触れると、車両はゆっくりと動き始める。車両の下、高圧線に触れた部分から火花が盛大に散った。

やがて囂々と音をたて車両はスピードを増していく。

後部車両には扉も窓もなかった。

その後部車両に通じる扉を屈強な大男が開こうとしている。何かが引っ掛かっているのか開かない。

「JD」

後ろから男の肩を叩いたのはレインだ。

「交代しろよ、お嬢ちゃん」

そう言ってレインは掠れた声で笑った。

憮然としてJDが扉から離れる。

レインは肩から扉にぶつかった。

そして体重を乗せて取っ手を動かす。

扉が開いた。

同時に中から男が倒れ出てきた。

慌てて飛び退き、レインは拳銃を抜いた。

銃口を見つめ、男は横たわったまま動かない。

バッジに衛生兵と記された男が横に来て跪いた。

「じっとして。動かないで」

ペンライトを点した。

「光を見て」

男はすがるようにじっとそれを見る。

隊員がライトを左右に動かした。瞳がそれにあわせて動く。

ライトを消すと、隊員は次に指を三本立てた。

「何本?」

男は三本、と不審そうな顔で答える。

「異常はないようですね。名前は」

「俺は……」

そこまで言って顔をしかめる。

「俺は……」

「わからない?」

隊員が顔を覗(のぞ)き込むようにしてそう尋ねると「……わからない」と男は繰り返した。

「記憶障害ですね。その女と同じだ」

隊員が報告した。

アリスはその男を見ていた。

その顔を知っている。

屋敷にあった写真に彼女とうつっていた男だ。

つまり……夫ということか。

男を凝視する。

確かに知っている。

知った顔だ。それもとても良く知った顔。

記憶の断片が浮かび上がってきた。

その男と抱き合っている。

私は彼の感触を知っている。

背中の筋肉の弾力を知っている。

囁(ささや)くその声を知っている。

アリスは男の左手の薬指に指輪があるのを見た。
自分の指を探った。指輪がある。男と同じ指輪だ。外して輪の内側の刻印を見る。
アンブレラ・コーポレーション所有物。
そこには期待した文字ではなく、そう刻まれていた。
だが、覚えている。
そう覚えているのだ。
二人の結婚式の様子を。
男と目があった。
「彼は」アリスは言った。
「誰」
そして隊長に近づく。
「あなたたちは何者。ここはどこ」
アリスはじっと隊長の目を見た。
「答えて、今すぐ」
隊長の袖(そで)を摑(つか)んでねじる。
その意外な力に、隊長はアリスを見た。

そして口を開いた。

「君たちも私も、アンブレラ社に雇われている。アンブレラ社は覚えているのか」

アリスは頷（うなず）いた。

ラクーンシティーに住むもので、いや、全米でその名を知らぬものはいないだろう。コンピューター・テクノロジー、医薬、健康関連商品の会社として全米最大の企業だ。全国の九十パーセントの家庭にアンブレラ社の製品があり、その強大な資金力と政治力は国家にも匹敵すると言われていた。

「鏡の館（やかた）と呼ばれるあの屋敷は〈蜂の巣（ハイブ）〉への緊急用出入り口だ。そして君とあの男――スペンスはあの出入り口を守っている特殊部隊員だ」

「これは」

アリスは指輪を見せた。

「結婚は偽装だ」

素っ気なく隊長は答えた。

「偽装結婚してまで私たちは何を守っていたの」

「言っただろう。〈蜂の巣〉だ」

「それは何」

貨車が減速をはじめた。

きいいぃぃぃ、と耳障りなブレーキ音がした。

「もうすぐ到着します」

カプランがパネルから顔を上げて言った。

それからすぐに車両は停止した。

圧搾空気の音とともに扉が開く。

レインを先頭に、猟犬のように数名の隊員が外に飛び出し銃を構えた。

そこは天然のドームだ。

広い洞窟の中は鉄パイプが組まれ、大きな照明が皓々と内部を照らしている。が、その巨大な照明も天井までは届いておらず、上を見上げれば闇が頭上を占める。

アリスも、そしてスペンスもマットも外に連れ出された。

広場を横切り階段へと向かう。

階段を上ると正面にスチールの重い扉があった。閉じたその鋼鉄の扉を、巨大なバーナーを抱えたレインが焼き切る。

「ここが〈蜂の巣〉だ」

隊長が言った。

「見せてやれ」

カプランに指示する。

彼は腕の端末を開き、モニターに映像を映し出した。

地図だ。

「これがラクーンシティー市街区」

カプランがキーボードを操作すると、地図の一部が拡大された。

「これが君たちのいた鏡の館」

屋敷の断面図に画面が切り替わる。

「これが地下の貨車」

地下の路線図が示された。

「そして行き着く先が」

エンターキイを押す。

「ここ、〈蜂の巣〉さ」

それの全体図が映し出された。３Ｄ映像がグルグルと回転する。

中央にエレベーター。それを軸として円形のフロアが幾層も重ねられている。コマのようにも見えるが、確かにそれはアシナガバチなどの造る蜂の巣に似ていた。

「いったい何のためにこんな施設が」

　スペンスが言った。

「研究所だ。ただし極秘のな」

　隊長が答える。

「極秘？」

　アリスが尋ねた。

「噂は聞いたことがあるだろう。アンブレラ社は軍事技術や遺伝子実験、そして細菌兵器などの開発も行っていると」

「それをここでしていたの」

　アリスの質問に、隊長は頷いた。

「我々にしたところで、今日まで一度もここに来たことはない。地下にあるこの秘密の研究所で五百人以上の科学者技術者が暮らし、働いていたが、彼ら彼女らにしても滅多に地上に出てくることはない」

「私たちはどうして記憶を失っている」

　スペンスが聞いた。

「神経ガスのせいだ」

「なんでそんなものが」

「防御システムだ」

「神経ガスが？　なんのために」

アリスが尋ねる。

「侵入者を撃退するため。そして社員が勝手に外に出ていかないための処置だ。ここは遊園地じゃない。ハンコひとつ手に押して出入りするわけにはいかない。わかるだろう。ここで行われている研究はそのすべてが門外不出の最高機密だ」

「社員が盗み出すとでも」

「可能性はある。テロリストが侵入することだって考えられる」

「そのガスを吸ったらどうなるの」

アリスが尋ねた。

「ガスの効果はすぐに表れる。まずは昏倒する。およそ四時間ほど、完全に意識を失うことになる。その間に我々がかけつけるというわけだ。そしてガスの二次作用として急性の記憶障害が生じる」

「その期間は」

尋ねたのはスペンスだ。

「個人差がある。一時間で記憶が戻る人もいるが、一週間かかる人間もいる。いずれにしろ自分の名前すら思い出せぬ人間は、抵抗することなく簡単に捕らえられる。君たちのようにな」

「隊長、内部に侵入できます」

レインが報告した。

重く大きな扉は何か所かを焼き切られ、完全に取り外されていた。

「突入だ」

隊長が手を振ると、隊員たちがたちまちのうちに扉の向こうの闇へと消えていく。

手にしたハンドライトから放たれた幾本もの光が交差し、揺れ、明滅する。

やがてそこかしこからクリア！　と安全を確保した声が聞こえてきた。

電源が入ったらしい。

中に灯(あか)りが点(とも)った。

「行くぞ」

隊長に促され、アリスたちも〈蜂の巣〉へと入り込んだ。

アリスは目を疑った。そこにあるのは高層ビルの中にあるオフィスのロビーだ。

窓からはブラインド越しに、立ち並ぶ高層ビル群と青空が見えていた。近づいてよく見ればわかる。それはスクリーンに映された映像だ。ここは、ごく普通のオフィスを模しただけのレプリカなのだ。

リトグラフの飾られた廊下を、アリスは兵士たちに先導されて歩いていく。

「寒くないか」

いつの間にか横に来ていたスペンスが皮の上着を脱いだ。

「着てろよ」

「大丈夫」

アリスは素っ気なく答えた。

「寒いから」

言うとスペンスは上着をアリスの背中に掛けた。確かにあの屋敷の中よりもここは冷える。

彼女はそれに腕を通した。

「何も覚えていないの？」

アリスが尋ねると、スペンスは肩をすくめた。

「名前も思い出せない。さっきスペンスと聞いたが、それでもそれが自分の名前とは思えないね」

「私もよ。まったく同じ」

「はじめまして、アリス」

スペンスが手を伸ばした。

「はじめまして、スペンス」

アリスがその手を握った。二人は顔を見合わせて笑った。

「エレベーターは使用不能です」

レインが報告に戻ってきた。

「ワイヤーが切れていました」

「階段から行くしかないな」

隊長は呟き、カプランに言った。

「状況は？」

カプランはモニターを見ながら答えた。

「赤の女王は既に我々の位置を感知していますね」

「赤の女王って？」

アリスの質問に、カプランはモニターから顔を上げて答えた。

「〈蜂の巣〉を統治している人工知能さ。実質〈蜂の巣〉を支配していると言ってもいいだろうね」

皆、金属製の階段をかんかんと音をたて駆け下りていく。

カプランがモニターを見て首を傾げた。

「隊長、ルートに問題があります。女王室は研究棟の先ですが、研究棟はほぼ水没しています」

「水没?」

「おそらく火災時用の放水をしたのでしょう。研究棟は他と比べても機密性が高くつくられているため、それぞれの研究室が水に満たされています」

「どういうことなの。部屋を水で満たして職員たちはどこに――」

「五時間前のことだ」

アリスの台詞を遮って隊長が言った。

「赤の女王は〈蜂の巣〉のあらゆる扉と隔離壁を閉じた。そしてハロンを放出した。ハロンは消火剤だ。酸素を吸着し大気から急激に奪う。酸素がなければ燃焼できない。つまり火災が収まる。普通は職員の避難を確認した後、あるいは火の勢いが激しい部分に集中的に放出される。が、今回は職員たちを密閉した空間に閉じこめてから酸素を奪った。そうして五百人以上いた職員をすべて窒息死させたのだ」

「殺したの？　全員を、なぜ、なんのために」

立て続けに尋ねるアリスを隊長は再び遮った。

「わからない。何もわかっていないんだ。内部の犯行かもしれない。部外者の陰謀ということもありうる。いずれにしろ我々は狂ったクイーンをシャットダウンさせるためにきたのだ。で、カプラン、迂回路は？」

「多少時間は掛かりますが、食堂Bを抜ければ女王室に行けます」

「予定よりも遅れている。急ぐんだ」

3

金属の扉があった。到底食堂に通じているだけだとは思えない重く頑丈な扉だ。

カプランは端末からコードを伸ばして扉の横にあるパネルにつないだ。

端末のキイを操作する。

少し間があいてから扉が開いた。

中から這うように冷気が流れ出てきた。

アリスは中を覗き込んだ。

巨大なタンクが整然と並んでいる。床や壁には大蛇のようなパイプがびっしりと張り巡らされていた。スチールとプラスチックとゴムで造られた内臓のようだ。

何かの実験室なのだろうか。少なくとも食堂には見えない。

アリスは自らの身体を抱いた。肌寒かった。それは気温が下がっていることだけが原因ではなさそうだった。古びて捨て置かれた墓場に迷い込んだような気がした。

足元を這い、物陰で待ち伏せする何物かの姿が見えるようだ。

陰湿で冷たいそれは「死」だ。

アリスは周囲を見回す。

隊員たちの顔は無表情だが、しかしその全員が彼女と同じ厭な感触をこの広い部屋から感じ取っているのがわかった。

「ここが食堂B？」

隊長が言った。

「図面ではそうなっています」

カプランはモニターを見せる。

「知られたくない秘密がここに隠されているのかもな」

今まで黙っていたマットが、皮肉な口調でそう言った。

「この向こうが女王室のはずです」

カプランはマットを無視して報告した。

「安全は確保しました。誰もここにはいません」

戻ってきたレインが言った。

「ハロンの反応はありません。ここではガスが流されなかったようですね」

衛生隊員が小型の解析機を見ながら報告した。

「ＪＤ、レイン。部屋の出口を見張っていろ。マットもここにいるんだ。動くんじゃないぞ」

三人を残し、隊長を先頭に暗く冷たい「食堂Ｂ」を進んでいく。無数のタンクと太いパイプ。用途不明の様々な機械類。金属とプラスチックで造られた密林はどこまでも続く。冷たく湿った大気にアリスがうんざりしはじめた頃だ。ようやく扉が見えてきた。扉の正面にはコントロールパネルがあり、モニターがいくつも並んでいた。

「カプラン、扉を開くんだ」

隊長に命じられ、カプランはコントロールパネルの前に腰を下ろした。端末からコードを伸ばして差し込み口に入れる。

そしてカプランはめまぐるしい速度でキイを叩きはじめた。

が、扉はなかなか開かなかった。

「なぜ手間取る」

隊長が言う。

「予想以上にシステムが複雑です。食堂BといいS.T.A.R.S.にも〈蜂の巣〉の正確な情報はつたえられていなかったようですね」

「そのようだな」

忌々しげに隊長が言った。

「S.T.A.R.S.って――」

アリスに最後まで言わせずに隊長は言った。

「市警察の中に設置された特殊作戦部隊。つまり我々のことだ」

ラクーン市警察もそうだが、S.T.A.R.S.はアンブレラ社から多大な資金的援助を受けている。その金額は市警察への寄付など問題にならず、実質的にはアンブレラ社がS.T.A.R.S.のスポンサーとなっている。当然のことながらその発言権は大きく、一部ではS.T.A.R.S.はアンブレラ社の私兵である、などと噂されていた。

「くそ！」

カプランが悪態をついた。

「秘密主義にもほどがある。警備する側に情報をつたえないでどうするんだ」

怒りをそのままぶつけるようにキイを叩き続けている。そして――。

「開きます」

カプランが言うやいなや、扉が音もなく開きはじめた。

扉の向こうには暗い通路が続いていた。

その先は闇に隠れて見えない。

「皆は待機していろ」

言い捨て、隊長は銃を構えて前に進む。

暗く長い廊下を慎重にゆっくりと。

突如、灯り(あかり)が点り(とも)、隊長はその場で立ち止まった。アリスたちが息を呑む(の)。

「大丈夫です」

無線でカプランが隊長につたえた。

「問題はありません。自動点灯です。システムが正常に動いているだけです」

隊長が再び歩きはじめる。

灯りが点り、廊下の先――女王室の扉が目の前に見えていた。

その前まで来ると、隊長は解析機を扉の開閉パネルの横に貼り付けた。同時に解析がはじまり、即座にコードナンバーは抽出され鍵が開いた。

「隊員をこちらに」

隊長の声が無線で届いた。

他の隊員が大きな荷物を提げ廊下へと駆け込む。

「あれはなんだ」

スペンスが重そうなその鞄を指差し言った。

「過電流を掛けて女王をシャットダウンし、メインフレームを再起動不能に——」

カプランが説明している途中だった。

その目の前で扉が閉まった。

突き当たりのドアも閉まっていく。

一瞬の間の出来事だった。隊員たちは長い廊下の中に閉じこめられてしまった。

同時に警報ブザーが大音量で鳴り響いた。

「どうした」

無線から隊長の声がした。そのあくまでも冷静な声に応じ、カプランも沈着を装う。

「防御システムが作動したようです」

「止めるんだ」

「やっています」

カプランの指はキイの上を凄まじい速さで動いていく。

「あれは……」

隊長が絶句するのが聞こえた。

「扉を開けろ、カプラン。いったん脱出する」

「はい」

カプランは頷く。

悲鳴が聞こえた。

「隊長！」

カプランが叫ぶ。

「早く開けるんだ。早く」

「はい！」

そう答えるカプランの顔にじわりと汗が滲む。

無線から音がした。

じゅうじゅうと、まるで鉄板でステーキでも焼いているような音。

またもや悲鳴。

ひぃひぃと泣きじゃくるような声。

「しっかりしろ、意識を保つんだ。気を失うな」

隊長だ。

びじゃっ、と泥の詰まった袋でも投げるような音がした。

「殺される。みんな殺される！」

スペンスがヒステリックに叫んだ。

「言われなくてもわかっている」

必死でキイを操作するカプランの顔が青ざめていた。

脂汗が顎(あご)から滴り落ちる。

「まだか！」

再び隊長の声。

警報ブザーが狂ったように鳴り響いている。

「すぐに開きます。ちょっとだけ――」

隊員たちの声が錯綜してスピーカーから聞こえてきた。

「隊長！　また！」

「来ます」

「開けてくれ！」
悲鳴が重なって聞こえ、そして途絶えた。
「早くしろ！」
悲痛な隊長の声がした。
「解除！」
カプランが叫んだ。
ブザーが鳴りやむ。
扉が音もなく開いた。
タンパク質の焦げる厭(いや)な臭いがした。爪や髪の毛が焦げたときのあの臭いだ。
そしてアリスたちは見た。
そこに人の姿はなかった。
あるのはその残骸(ざんがい)だけ。
幾つもの塊が廊下の床にうずたかく積まれていた。
それは切り刻まれた肉だ。
臓物は山となり、湯気を上げていた。
上半身と下半身が綺麗(きれい)に分かれている死体があった。

首のない身体が倒れている。

頭は廊下の向こうへと血の線をひいて転がっていた。

流れる血で、床は濃い赤に染まっていた。

スペンスが押し潰されたかのような音をたて激しく嘔吐した。

「多分」

カプランが口を開いた。

喉がからからに渇いているようだ。

しきりに生唾を飲み込んでいる。

「多分、レーザーを使ったんだ。レーザーメスが隊員を切り刻んだ」

「戻ろう」

言ったのはスペンスだった。

「もうこれ以上は進めない。戻るんだ」

「何を言ってるんだ」

カプランは血走った目でスペンスを睨んだ。その顔に色がない。

「そんなことができるわけがない」

「俺は御免だね」

スペンスが言う。

「君は好きにすればいい。だが私は任務を遂行する」

カプランはパネルからジャックを抜き取り、立ち上がった。

「危険だ」

「防御システムはもう解除した」

「さっきも解除したのに襲われたんじゃないのか」

「ダミーが仕掛けられていた。今度こそ解除された。もう二度と赤の女王に襲われることはない」

カプランは廊下の奥へと脚を進めた。

うずたかく積まれた肉塊を避ける。それでもそこかしこに刻まれた人体の欠片(かけら)がへばりついている。

血溜(ちだ)まりがぬるりと靴底で滑った。

途中で大きなバッグを手にする。その中に赤の女王をシャットダウンする彼らの〈武器〉が入っているのだ。

「私も」

後ろから声を掛けられ、カプランはもう少しで悲鳴を上げるところだった。

振り返ればアリスが立っていた。

「私も行くわ」

頷き、カプランは歩きはじめた。

突き当たりの扉は既に開かれていた。

「これが女王室だ」

二人は中に入った。

正六角形のそれほど広くはない部屋はまさしく蜂の巣そのものだった。

床はスチールでぴかぴかに輝いている。

どういうわけかその部屋は宗教的な何かを感じさせた。

部屋の中央にあるチェスの駒にも似たコンソールも、何かのモニュメントのようだ。

「こんなところで何をしてるの」

背後から声を掛けられた。

振り返るやいなやアリスは拳(こぶし)を突き出した。

拳がそれの目の前で止まった。

そこにはエプロンドレスを着た少女がいた。

十一、二歳だろうか。

見るからに幼く、愛らしい顔をしている。

少女はかすかに燐光を発していた。

「あなたは……」

「無視しろ」

カプランはコンソールに近づき、作業を開始していた。

「それは単なるホログラフィーだ」

少女はまっすぐアリスを見つめて言った。

「ここから出ていって」

過電流を心臓部に流すための装置を、コンソールパネルに接続しながらカプランが言った。

「それはプログラマーの娘の姿をコピーした単なる映像だ。インターフェイスのひとつに使われている。惑わされるな。我々を攪乱しようとしているんだ」

「私を止めるとたいへんなことになるのよ」

少女はただアリスを見つめて話を続ける。

「言うとおりにして、お願い」

「駄目だ、信じるな」とカプラン。

「あなたは五百人の人間を殺したわ」

アリスが言った。

「停止させられるのは当然のことでしょう」

「違うわ。あれは仕方なかったのよ」

「理由はどうでも――」

「お願い。そのまま帰って」

少女はアリスを指差した。

「でなければ、首をはねてしまうわよ」

「消えろ！」

カプランが怒鳴った。

と、同時に一斉に灯りが消えた。

部屋は闇に閉ざされた。

電気系統の作動音も失せている。

静寂が闇に荷担した。

すべてが失せてしまったような時が流れた
アリスには、その闇が永遠に続くかのように思えた。久遠の中に存在する地獄に落とされたのかと。

だがそれはほんの一瞬のことだった。

電灯が再び点る。

闇は永遠には続かなかった。

しかし地獄は、この地下世界に居座り続けていた。

いったん落ちた電源が再び通じたときには、すべての扉が開かれていた。職員たちを閉じこめ、死へと導いた扉が。

そして死は解放されたのだった。

第二章　赤の女王

アリスはたいそうていねいに、「わたし、この森からでるには、どの道がいちばんよいかと考えていたのでございます。とても暗くなってまいりましたものですから。どうぞ教えてくださいませんか？」といいました。

I

生体溶液の中でそれはゆるりと身体を動かした。
頭部につながれたコードがピンと張る。
そのわずかな振動が、それの感情をさらに煽（あお）った。
感情。
その言葉が似つかわしくないような原始的で野蛮な衝動が、それの中で居座っていた。
頭の中の小さな幾つもの爆発。
閃光（せんこう）。
爆音。

名をつけるならそれは怒りだ。

無から作られ、生まれたときから針を刺されコードをつながれチューブを挿入され、ただただ生きることだけを、生き続けることだけを命じられたそれの怒り。

痒み(かゆ)が、痛みが、皮膚に生じる不快感が、内臓で感じる不快感が、生きていくことそのものの不快感が、それの貧弱な脳をいつもいつも刺激し続けていた。

そうして怒りはふつふつと湧きだし蓄積され、それの中を満たしていく。

恐ろしく鋭い鉤爪(かぎづめ)を、それはかちかちと打ち合わせた。

それの身体の中に直接流し込まれている薬液が、肉体の力を奪っている。

そのため、本当であるなら鋼鉄の扉をもうち破れるその鉤爪は、しかし今は己れの身体を掻(か)くことすらできない。

怒りがある。

それの身体を満たす炎にも似た怒りがある。

それが戯れに口を開いた。

爪にも劣らぬ鋭い牙(きば)がずらりと並んだ口を。骨などシリアルのようにあっさりとかみ砕くことのできる顎(あご)が、しかし今はかつりと、歯を一度うち鳴らすのが精一杯だ。

しかし、何かが起こりつつあることをそれは知っていた。

身体の各部を動かすことができるからだ。動かしたことに対する対応がないからだ。それの身体につながれたコードが、そのような筋肉の動きを見出したら、即座に血管につながれたチューブに薬液が注入されるはずだ。薬はそれの筋肉から力を奪い、鬱とした眠りにひきずり込む。

それが今はない。

なくなってからかなりの時間が経過している。

開いた口から、ごお、と声が出る。

笑いでもしているかのように。

肺に生じた気泡が、ごぼり、と泡になって浮かび上がる。

それは待っていた。

やがて来るだろう解放のときを。

そのときこそ思いを果たすときだ。

身体の中で悪性の腫瘍のように膨れあがっている憎悪を解放するときだ。

それは知っている。

そのときがすぐそこに近づいていることを。

だからそれは待っていた。

ごぼり、とまた気泡が浮かぶ。

2

レインは幅広の大きなナイフの先で爪に詰まった泥をほじくっていた。

苛々していた。

気にくわないことばかりだ。

まず、このでかい部屋の冷たさが気にくわなかった。なんの音もしない、この静けさが気持ちが悪かった。さっきから、厭な臭いがしているのにも気づいていた。

知っている。

これは腐臭だ。腐った肉の臭いだ。どこかにステーキの食べ残しが捨ててあるのでないなら、それは死んだ生き物がどこかにいることを意味している。

死んだ生き物？

それは食堂から迷い込み飢えて死んだネズミであるのかもしれない。いや、普通に考えるならそれはここで死んだ職員だ。が、しかし、ネズミにしろ職員にしろ、それは今突然、この周囲で腐りはじめたことになる。

さっきまで腐臭はしていなかった。

しかし今は、鼻先に腐肉を突きつけられているかのようにはっきりと臭う。

口には出さない。

しかし彼女は苛立っていた。

ちりちりと首筋を焦がすような焦燥感がある。それを押さえつけるように銃把を握った。

それがお守りであるかのように。

恐怖ではない。

苛立ちは、恐れから来るのではないのだ。そうではなく、楽しみを前にじっとしていなければならないから生じているのだ。

レインは、本当にこの世に怖いものなどなかった。恐怖というものを理解していないのかもしれない。

ただ一つ彼女が怯(おび)えていること。それは彼女の内にある暴力への衝動をすべて解き放つことだ。闘争への希求と言ってもいい。彼女はそれを好み望み駆使する。人を殴り、蹴(け)り、ねじ伏せることは快楽そのものだった。

彼女はもと海軍特殊部隊だ。

軍事行動に於(お)いて政治的に正しい殺人を犯したことはある。そのこと自体は快楽ではなかった。しかし喜びはあった。敵を滅ぼす喜びが。

彼女がS.T.A.R.S.に入隊したのは、合法的に暴力を振るえるからだ。海軍特殊部隊よりも警察機関の方が暴力と親しい、と彼女は考え、それは正しかった。ラクーンシティーでは連日のように凶悪犯罪が発生していた。

彼女は犯罪者になる気はない。だから彼女は己れの暴力衝動が、法を犯すことにつながることを恐れていた。

それ以外に彼女を脅かすものなどなかった。この世には。

「遅いな」

JDが言った。

もっともな意見だ。

時計を見てレインは思った。

「見てくる」

軽機関銃(SMG)を手に奥へと様子を見に行く。

迷路のように並ぶタンクを幾つかくぐり抜け出たとき、それに出会った。

ぼろぼろの白衣を着ていた。

そこかしこに乾いた血痕(けっこん)がついている。

よろよろと酔っぱらってでもいるように、それはレインに近づいてきた。
「JD、生存者がいた」
無線で連絡し、それへと向かう。
「助けにきたんだ。心配することはない」
レインはさらにそれに近づいた。
酷い顔色をしていた。
青ざめているというよりも、緑色に変色している。
腐臭がした。
濃厚な死臭が。
それが眼を開いた。
瞳が白く濁っている。
見えているようには見えない。
が、それはまっすぐレインへと向かってきた。
さあ、とレインは手を出した。
その差し出した手に、それはいきなり噛みついた。
あっ、と声をあげ、レインは手を引いた。親指の付け根がわずかであるが噛み切られている。
「何をする」
睨むレインを気にもとめず、それが呻いた。
呻きながらレインに摑みかかってきた。
反射的に腕を摑んだまま体をかわし、背後に回った。
そのまま腕を後ろにねじり上げる。
そうして片手で腕を固めたまま、床に押し倒した。
背中を重いブーツで押さえた。
それは釣り上げられた魚のように激しく暴れた。
「おい、それ以上動くなよ。でないと骨が」
レインが警告したときだ。
それの身体がさらに大きく跳ねた。
みしりっ、と厭な音がした。
肩の関節が外れている。
おそらく腱も切れているはずだ。
レインには経験からそれがわかった。

そのあまりの異様な行動に、レインはいったんそれから離れる。

離れたときにはホルスターから銃を抜いていた。軽機関銃ではない。四十五口径の自動拳銃（けんじゅう）だ。

腕のことなどまったく気にも掛けず、それは起き上がった。常人であれば気絶していても不思議ではない。

「おまえ……」

それは片腕をぶらぶらさせてレインを見ていた。

開いた口からだらだらと黒い粘液が垂れている。

喉（のど）が鳴った。

獣だ。

レインは思った。

こいつは獣だ。

再びそいつが飛び掛かってきた。

肉食獣の咆哮（ほうこう）があがった。

レインは冷静だった。

無防備に飛び掛かるそれに、正面から蹴りを入れた。

体重の載った蹴りがカウンターで胸に当たり、それは後ろに派手に倒れた。

まっすぐ銃口を向ける。

脚を狙った。

「動くな！」

レインの警告など聞こえないように立ち上がると、それはまたレインへと向かってきた。

引き金を引くのに躊躇はなかった。

弾丸はそれの膝の下を撃ち抜いた。

四十五口径弾は弾丸が重く弾速が遅い。つまり対象を貫通することなく破壊する。要するに人体抑止力に優れている。

そのはずだった。

それの身体ががくりとねじれる。

片脚は半ば千切れかけている。

その脚を引きずり、なおもレインへと向かってくる。

倒れそうで倒れない。

「来るな！」

反対側の脚を狙った。

ぱあっ、と膝から肉片が散る。

血はそれほど出ない。

転倒した。

脚は二本とも使えないのだから当然だ。

が、それは蜥蜴(とかげ)のように身体をねじり、両腕で這(は)ってきた。

止まる気配はない。

「どうした」

ＪＤの声だ。

「見てろよ、ＪＤ」

それの背中に向けて銃弾を撃ち込む。

「おい！」

ＪＤが止めようとした。

レインに伸ばしたその手が止まる。

背中に大きな穴が穿(うが)たれていた。

脊髄(せきずい)が断ち切られている。その断面がささくれた肉の合間から見えている。

にもかかわらず、それは頭をもたげ恨めしげにレインを見ながら這い寄ってきた。

「なんだこれは」

レインが言う。

「なんなんだよ、JD」

近づくそれの顎を、鋼で補強されたブーツの先で蹴り上げた。

湿った音がして、あっさりと顎が砕ける。

「腐ってるんだぜ。こいつ腐ってるんだよ」

楽しそうにレインが言った。

それはJDの脚へと腕を伸ばした。

小さな悲鳴をあげてJDは後退った。

その時には突撃銃の引き金を引いていた。

瞬く間に三十発の弾丸を撃ちつくした。

床に落としたスイカのようにそれの頭が砕けていた。

レインが声をあげて笑っていた。

それの動きがようやく止まった。

「びびってやんの」

ひいひいと喉の奥で笑いながら、レインは言った。

しかしＪＤはそれにも気づいていなかった。

「化け物だ」

肩で息をしながらＪＤは呟いた。

「これは化け物だ」

レインは傷口に包帯を巻き付けながら言った。

「確かに人間じゃないよな」

爪先でそれをつついた。

「なんだ。何があった」

マットだ。

まだ後ろ手に手錠を掛けられたままだ。

「これは……撃ったのか」

今はぴくりとも動かないそれを見下ろしてマットは言った。

「撃った」

ＪＤが掠れた声で答えた。

「生存者じゃないのか」

「違うね」

即座にレインが答えた。

血にまみれた包帯を、マットの目の前に差し出す。

「こいつに噛み切られた。その時からこいつは臭っていた」

確かにそれは凄まじい腐敗臭を放っている。今死んだ人間がこれほど早く腐ってしまうことはあり得ないだろう。

「こいつは最初から死んでたんだよ」

「すぐにここを出よう」

そう言ったのはカプランだった。

その背後にアリスとスペンスがいた。

「戻っていたのか」

ＪＤが振り返って言った。

「隊長は？」

レインが尋ねた。

カプランが首を横に振った。

「どういうことだ」

レインが詰め寄る。

　しっ、とJDが唇に指を当てた。
「静かに……」
　何かを引きずる音がする。
　おそらく脚を引きずって歩く音。
　呻く声も聞こえる。
　そして何よりも濃い腐臭がした。
　巨大なタンクの向こうから人影が現れた。
　ゆらり、とその上体が揺れる。
　片足がねじ曲がっていた。
「あれは……」
　アリスが呟く。
　その男には顔がなかった。
　皮が一枚剝がされているのだ。
　が、男はそんなことなど、服についたソースほども気にしている様子はない。
　その後ろから、白衣の男が現れた。
　それには片腕がなかった。

「後ろにも！」

悲鳴混じりに叫んだのはスペンスだ。

そこには顎をなくし、咽喉とだらしなく垂れた舌を晒した女がいた。

気がつけば周囲を囲まれていた。

獣じみた唸り声がうるさいほどだ。

そのどれもがどこか肉体を欠損し、麋爛した皮膚を持っていた。

頭の半分を失っているもの。破れた腹から長々と腸をはみださせているもの。裂けた胸の向こうに心臓が見えているものもいた。その心臓はぴくりとも動いてはいなかった。

それらが生きているはずがなかった。

「手錠を！　手錠を！」

マットが必死になって叫んだ。

レインは油断なく銃を外へと向けながら、マットの手錠を外した。

「ありがとう」

「礼はいらないから、後は自分でなんとかしてくれ。どうやらあんたのことを守ってやれそうにはないからね」

「来るんじゃない！」

JDが怒鳴った。
その時には突撃銃の引き金を絞っていた。
連続して銃声が鳴り響く。
銃火が叫ぶJDの顔を照らした。
打ち込まれる弾丸に、白衣の男が背後へと吹き飛ばされた。
至近距離で撃たれた五・五六ミリ弾は貫通力が高い。
背後にいたものの身体も撃ち抜き、さらに背後のタンクに穴を空けた。
中からねっとりした粘液が噴き出してきた。
一瞬銃声が途絶えた。
彼らを取り囲むそれの、獣の唸り声だけが不気味に聞こえている。
JDに吹き飛ばされた男が、むくりと起き上がった。
何かにつまずいたほどのダメージすら与えていないようだった。
「なぜだ」
JDが泣き出しそうな声をあげた。
「なぜ死なない！」
再び引き金を引く。

レインがそれに加わった。

重なるチューブと配管を飛び越え、大きなタンクの上によじ登った。

確実に有利な位置に立ってから、撃つ。

毎分八百発の速度で弾丸が撃ち出された。近距離だ。いくら命中精度の悪い軽機関銃でも、胸と頭に弾丸は集中する。

顔面をミンチに変えて何体ものそれが吹き飛ばされた。

「来るな！」

怒鳴り、カプランが撃つのは拳銃(けんじゅう)だ。

弾は肩に、胸に、腹に命中する。周囲を囲まれているのだ。何処に撃っても必ず命中する。

命中すればそれらは倒れはする。

がそれだけだ。

すぐに起き上がって迫って来る。

無数にいた。

そのどれもが容易に死ぬことのないものたちだった。

「奥へ進め！」

カプランが叫んだ。

「女王室の方にはまだ何もいなかった！　奥へ、奥へ」

叫びながらカプランは走った。

ＪＤが弾丸を撃ちつくした。

弾倉を捨て、新しい弾倉を入れる。

その腕に、坊主頭の男が嚙みついてきた。

みちみち、と歯が腕に食い込む。

激痛に悲鳴をあげた。

銃が床に落ちる。

拾おうと身体を屈める、その首筋めがけて両方とも眼球を失った男が大口を開いて飛び掛かってきた。

やられる。

覚悟したその時、男の顔が横にぶれた。

殴られたのだ。

誰が？

銃に手を伸ばしながらＪＤは上を見上げた。

赤い塊が宙に浮かんでいた。

「アリス……」

黒いブーツが、眼球を失った男の後頭部に叩きつけられた。

空中からのアリスの、猛烈な蹴りだ。

それは蛙のように地面に這い蹲った。

間髪入れずＪＤはそれに弾丸を叩き込んだ。

アリスは楽しんでいた。

到底楽しめるような状況ではないにもかかわらず、アリスは楽しくてしょうがなかった。

拳は面白いようにそれらを捕らえる。

蹴りも同じだ。

要領がわかってきた。

いくら殴っても蹴っても、それだけでは無駄に体力を使うだけだ。

攻撃すべきは頸骨だ。

頸骨を外せば動かなくなる。

それ以外にこの生ける死者たちを、再び殺すことはできない。

背後に迫るそれに裏拳を叩き込む。

振り向き、さらに中段で腹を蹴る。
反動で顎が前に出る。
頭を摑み背後に回りながら蹴り倒し、倒れたそれの首にとどめの蹴り。
さらに背後から蹴り倒し、倒れたそれの首にとどめの蹴り。
ここまでの一連の動きは流れるように進み、速い。ほんの数秒間の出来事だ。
次の怪物が迫る。
身体が先に反応している。
いい加減にしろ！
頭の中で毒突く。
おまえたちには絶対殺されない。
重い蹴りを繰り出しながら、アリスはそう思った。
激しい銃声が背後でする。
ＪＤだ。
彼の持つ突撃銃の弾丸が、アリスのすぐそばのタンクに穴を空けた。
そのタンクには危険の文字が書かれてあった。
そしてその上に貼られたプレートにはこうあった。

『可燃物』

「撃つな！」

叫びながら、アリスはそこから離れた。

穴からしゅうしゅうとガスが噴き出している。

「爆発するぞ！」

言うと同時だった。

閃光が走った。

アリスは前に向かってスライディングした。

耳を押さえる。

大音響とともに部屋が揺れた。

爆風が配管をなぎ倒し吹き飛ばし、伏せたアリスの背を熱風が通り過ぎる。

他のメンバーがどうなったかはわからない。

が、今の爆発で生きる死者たちも大勢が吹き飛ばされたようだ。さすがに連中の姿もまばらになっていた。

アリスは走る。

今まで彼女たちのいた女王室を目指して。

3

この施設が〈蜂の巣（ハイブ）〉と呼ばれるのは、その外観からよりも、その内部の構造による。各部署がそれぞれに小さな多角形の区域に分断されているのだ。それらの区域は相互の連絡が複雑で迷路状の構造になっている。全体像を把握している人間であったとしても方向感覚を狂わされる。

職員たちが普段の生活区域を出ればたちまち迷ってしまうような構造にわざとしてあるのだ。

なぜそのような造りになっているのか。

もちろん、それぞれの生活区域を勝手に離れないための策略だ。つまりここで働く者たちは皆、実は虜囚であったということだ。

みんなとはぐれその迷宮を歩くうち、何処でどう間違ったのか、アリスは一度も通ったことのない通路に出てしまっていた。

通路の先、突き当たりに扉がある。

それが開いていた。

アリスはまっすぐ進み中に入った。

広い部屋だ。

檻がたくさん並べられていた。大型の獣を飼育するためのケージだ。それを見ながら奥へと進む。

ケージはどれもが壊れていた。扉が裂かれ、大穴が空いているのだ。実験動物でも入れてあったのだろうか。

それがすべて逃げ出したのだとするなら……。

獣の臭いがした。

アリスはそれの気配を感じ振り返った。

廊下の奥に黒い影が蹲っていた。

犬？

このケージから逃げ出した犬なのか。

アリスはそれから目が離せない。

ドーベルマンに似たそれも、じっとアリスを見ている。

ドーベルマンに似ているどころか、それはドーベルマンそのものだったのだろう。

が、今それは胸の肉が剝がれ落ち肋骨がむき出しになっていた。皮膚は腐って崩れ、筋肉が露出している。
死んだ犬だ。
あの生ける死者たちと同じゾンビ犬。
アリスが踵を返し走り出すのと、それが駆け出すのはまったく同時だった。
部屋の奥に、実験室があった。
その重い扉が開いている。そう容易には破られないであろうスチールの分厚い扉だ。
あそこに走り込めば何とかなるだろう。
アリスは走る。
死んだ犬がそれを追う。
驚くほど速い。
どんどんアリスとの距離を縮める。
彼女が扉の中に入り込むのと犬が飛び掛かってくるのは同時だった。
金属製の扉を閉じる。
鈍く湿った音がした。
犬が鼻面を扉にぶつけたのだろう。
ほっと息をついてアリスは扉から離れた。

背中が何かにぶつかった。
振り返ると目と鼻の先に血塗れの顔の男がいた。警備員の制服を着た大男だ。
彼は唸り、手を伸ばしてきた。
アリスは一歩飛び退いた。
そして正拳を鼻面に叩き込む。
ぐしゃりと鼻が潰れた。
鼻血ひとつ流さず、それは頭を後ろに仰け反らせた。
ほぼ同時に膝で股間を突き上げる。
何かが潰れた。
が、反応は何もない。
それはもう人ではないのだ。
その事実がアリスを微笑ませる。
こいつもあの腐った愚図どもの仲間だ。
アリスは警備員のベルトにホルスターが下がっているのを見ていた。
中には自動拳銃が収まっている。
男はごろごろと喉を鳴らした。

吐き気を催す腐臭がアリスの顔に吹きかけられた。

喉の肉を食い千切るべく、それは大口を開く。

アリスがそれのホルスターから銃を引き抜く。抜いた銃口が開いた口に突き入れられた。

引き金を引くのになんのためらいもない。

爆発したように後頭部から脳漿が飛び散った。壁にミンチを叩きつけたようなシミができる。

勢いで背後に転倒したそれの、喉に蹴りを入れた。

食道がへしゃげ、頸骨が砕けたのを足裏で感じた。

それは動かなくなった。

アリスに休憩をしている暇はなさそうだった。

部屋の隅から唸り声が聞こえた。

犬たちの唸り声が。

どれもが、全身を爛れ腐った皮膚に被われたゾンビ犬だ。

狩りをするかのように、六匹の犬はアリスを囲んだ。

不思議なほどアリスは落ち着いていた。

この程度のことで死ぬ気がしなかった。

銃口をあげる。

引き金を引く。

一度につき一匹の犬の頭が弾(はじ)ける。

犬たちはアリスへと飛び掛かる順に倒されていく。

六匹目の犬がアリスへと大きくジャンプした。

その眉間(みけん)を弾丸が撃ち抜く。

頭の上半分が綺麗(きれい)に弾け飛んだ。

まさに瞬(まばた)きをする間に、六匹の死せる犬たちは真実の死を迎えた。

しかしこれで弾切れだ。

アリスは倒れた警備員のポケットを探った。彼も何かと戦ったあげくに死を迎えたのかもしれない。予備の弾倉も弾丸も持っていなかった。

まだ一匹残っている。

アリスは扉に手をかけた。

そっと隙間を開けて様子を見る。

何も見えない。

アリスは思い切りよく扉を開いた。

見渡す限りには動くものはない。

「私はここよ」

アリスは呼び掛けた。

「ドギィーちゃん、どこにいるの」

一歩前に出る。

「ドギィー、ドギィー」

言いながら歩き出した。

唐突に、それは廊下の向こうに姿を現した。

「はーい」

アリスは笑みを浮かべ手を振った。

放たれた矢の勢いで死んだ犬は駆け寄ってくる。

彼女は心の中で数を数えた。
十、九、八……。
裂けた胸が見えてきた。

はみ出した腸がなびいている。
七、六、五、四……。

開いた口からだらだらと薄汚い粘液が垂れている。その顔がはっきりと見える。
三、二、一……。
犬がジャンプした。
まっすぐアリスの首を狙っている。
彼女は身体をわずかにずらした。
がちっ、と顔の真横で歯が合わさった。
「ゼロ！」
通り過ぎる犬の喉に、横から拳（こぶし）を叩きつけた。
ぎゃっ、と悲鳴をあげて犬が飛ばされる。
それと密着してアリスも飛んだ。
壁に激突したそれの首を抱える。
アリスと犬は並んで床に転がった。
その時には犬の首はねじ切られ、顔が背中を向いていた。
立ち上がり、アリスは何事もなかったように歩き出した。
息さえ切れていなかった。
出口を探して歩きながら、アリスは愉快でたまらなかった。

肉体の持つ力を極限まで駆使している。そのことが楽しくてたまらなかった。

敵と戦う。

戦いに勝つ。

それを身体全体で楽しんでいた。

記憶は未だに戻っていないが、特殊工作員であったことは間違いない。そのために作られた身体であることを、肉体の記憶が証明している。そしてその職はアリスにとって天職だったのだろう。

幾つかの廊下を過ぎ、アリスは事務室へとやってきた。

書類は床に散乱し、部屋の中を台風が通り過ぎたかのようだった。

そこにマットがいた。

女ともみ合っていた。

マットが女を押さえ込んでいる。

痴話喧嘩しているわけではないだろう。

女は明らかにマットの首筋に噛みつこうとしている。開いた唇から汚泥のような粘液がだらだらと垂れていた。

アリスはテーブルにあった大きなクリスタルのペーパーウエイトを手にした。

走り寄る。

マットを前に食欲で目がくらんでいるであろうそれの頭蓋を叩き割るのは簡単なことだった。

額が陥没した。

捨てられた人形のようにそれは崩れ落ちた。

その顔。

仰向けに横たわったそれの顔。

この女を知っている。

アリスは思った。

その顔を私は知っている。

それは……彼女は……リサ！

その名を思い出した途端、アリスの頭の中に電光のように部分的な記憶が甦った。

迷宮の庭園。

あの鏡の館の庭だ。

大理石の巨大な立像がある。どこかいびつな龍の像だ。

プレートに『ジャバーウォックに油断するな』と書かれてあった。

スコールが降ったかのような音。

何千というカラスが飛びたった、その羽音だ。

「協力して欲しいの」

彼女は――リサが――そう言う。

「あなたに協力して欲しいの」

そして私が――アリスは――言う。

「私がウイルスを手に入れるわ。私なら機密コードも監視システムもすべて知っているから」

彼女は私に地下の研究所で何が研究されているのかを教えた（それはいったいなんだったっけ）。

そして私は……私は……。

「ありがとう」

彼女が私の手を握る。

その手の感触が甦る。

「彼女が……」

アリスは知らず呟いていた。

「彼女を知っているのか」

「いや」

アリスはしゃがみ込み、リサの首を持った。抱き上げたのではない。頭をねじ切ろうとしているのだ。

「何をするんだ」

マットが慌てて止めた。

「頸骨を折っておくのよ。そうでないとまた動き出すかもしれない」

「もう大丈夫だ。もう生き返ったりしない。だから止めてくれ」

マットはアリスを押しのけ、リサを抱き起こした。

「……彼女を知ってるのね」

今度はアリスがそう問うと、マットはあっさりと頷いた。

「誰なの」

「妹だよ」

「あなたは何か知っている。こうなることを知っていていてあの屋敷にいたんでしょ。そうよね」

「アンブレラ社のような企業は、法が自分たちのためにあると思っている。だがそうはさせない。真実を暴こうという人々が世界中にいるんだ。彼らは情報を流し、協力し、そういった企業の不正を暴いていく」

その声が静かな怒りに震えていた。

「時には過激な方法も使って？」

アリスが言う。

「そうだ。アンブレラ社のような巨大企業を相手に弱者の取れる戦術は限られている。法の枠内だけで対抗できるものではない。正義を為すのに手段は選ばない」

マットは誇らしげに言った。

「だからあなたも非合法にここに潜入した」

マットが俯き、首を横に振る。

「俺は潜入できなかった。方々でブラックリストにマークされているんでね。海軍や国家安全保障局にも記録がある。もしあの隊長がその気になったなら、すぐに俺の正体はばれていただろう」

「だから妹さんを……」

「アンブレラ社の研究をマスコミに暴露するための、確かな証拠が欲しかったんだ」

　苦しげにマットは言った。

「何の研究？」

「非合法な研究だ。T（タイラント）・ウイルスの開発」

　私がウイルスを手に入れるわ。

　アリスはリサにそう言った。

　ウイルスを手に入れると。

「T・ウイルスって？」

「不死身の兵士を作り出す細菌だと聞いている」

「不死身の……」

「我々を襲ったあれを、何だと思う」

「研究員？」

「そうだよ。白衣にバッジ。間違いない」

「しかし職員は死んだ」

「みんな死んだ。死んだが生きている。生きている死者、ゾンビ。それがあれだ」

「妹さんはそれにどう関係していたの？」

「リサはそのウイルスを持ち出そうとしていた。内部の誰かにコンタクトし、明日には持ち出す予定だった。私は屋敷を監視していた。突然屋敷が警戒態勢に入った。私は妹が失敗したことを確信した」

「どうして失敗を……」

「裏切られたんだ。その内部の協力者に。妹は罠にはめられ、ウイルスは横取りされた。しかもここはウイルスに汚染されている」

「そんなものを奪ってどうするの」

「不死身の兵士を作り出せる兵器にいくらの値が付くと思う」

「人の命より高価？」

「そう思うものはたくさんいる。リサはそんな奴の犠牲になったんだ」

マットはリサを見ると、上体を抱きかかえた。

「可哀想に」

呟く。

一瞬の出来事だった。

さすがのアリスにもそれを止めることはできなかった。

リサが不意にマットの喉に食らいついたのだ。

鮮血が噴水のように噴き出した。
アリスはまたもやクリスタルの塊をリサの顔面に叩(たた)きつけた。
それは背後に倒れた。
それでもそれは、引き千切ったマットの肉を咀嚼(そしゃく)し続けていた。
アリスは喉に蹴(け)りを入れ、頸骨を折った。
それから念のために頭をねじり、頸骨が完全に外れたのを確認した。
大量の血液を失い、マットは痙攣(けいれん)していた。
傷口は深く、気管まで断ち切られていた。
その顔色は既に人のものではない。漂白したように真っ白だ。
痙攣はすぐに収まった。
そしてマットは動かなくなった。
二度と動くことがないように、アリスはその頸骨をへし折った。

4

再びアリスは迷路へと迷い込んだ。

みんなと別れたとき、カプランは叫んでいた。

——奥へ！

おそらく生き残ったメンバーはあの女王室へと向かったはずだ。

そう思い来た道をたどろうとするのだが、なかなかそこに戻れなかった。

かつては清潔であっただろう廊下が延々と続く。そのそこかしこに肉片や汚泥のようなものが付着している。まるで腐った肉を引きずってそこら中を歩き回ったかのように。

腐臭にもいくらか慣れていた。

時折悪臭をまったく意識していないときがある。

人は何にでも慣れるのだ。

アリスは周囲の気配を窺(うかが)いながらそう呟(つぶや)く。

記憶を失っていることにも、死者たちに囲まれていることにも。

そして……。

自分が裏切り者であり、この考え得る限り最悪の状況を引き起こした元凶であるかもしれないと考えることにも。

もしそうであったら——。

長い廊下を歩きながらアリスはその結論を出していた。

それにはきっと何かの理由があるのだ。

そしてその理由に基づいて動いている私を、私は信用する。

根拠などなくアリスは自分の正しさを確信していた。そしてその自信こそが彼女そのものなのであった。失った記憶の中にあるのではなく。

それは戦いと殺戮(さつりく)に慣れた彼女の肉体が彼女そのものであることとまったく同じ確信だった。

腐臭が少しだけ甦(よみがえ)った。

行き止まりの先は廊下が右に折れている。

アリスは壁に背をつけ、その先を覗(のぞ)いた。

何かの販売をまってでもいるかのように、廊下は意味なく並ぶ死者たちによって占拠されていた。

そして、その廊下こそが、女王室へと向かう唯一の廊下であることにアリスは気づいていた。

ほとんど躊躇(ちゅうちょ)することなく、アリスは走り出していた。

速い。

手を伸ばしアリスを捕らえようとするゾンビたちの動きがまるでスローモーションだ。

全速で駆けながらも、蹴り、殴り、投げ倒す。

腕はもげ、首は折れ、頭が転がった。

まるで死体の海を割って進む預言者だ。進むその背後から、散らばる屍(しかばね)を踏み越え生ける死者たちが迫ってくる。

おうおうと吠(ほ)える死者たちの声が狭い廊下にこだました。

長い廊下の向こうで、厚い扉は閉じていた。

もし鍵(かぎ)が掛かっているのなら、そしてその向こうに誰もいないのなら、絶体絶命だ。

扉に身体ごとぶつかる。

鍵は掛かっていた。

アリスは叫んだ。

「開けて！」

ゆっくりと、しかし確実に生きる死者たちの群れが迫ってくる。

「誰かいないの！　開け――」

扉が開いた。

その隙間に身体を突っ込んで、アリスは中に飛び込んだ。

「撃つな！」

銃口をまっすぐアリスの額に向けているレインにアリスは言った。

そして背中で扉を閉める。

「一人か」

スペンスが言った。

「ええ、マットは死んだわ」

そこにいるメンバーを見回す。

レイン、カプラン、そしてスペンス。

「JDは――」

「死んだ」

カプランが言った。

「食われた。奴らが集まってきて、その中にJDは」

俯(うつむ)き黙った。

「あれは……なんなんだ。あの化け物たちは」

スペンスは今にも悲鳴へと変わりそうな声でそう言った。

「T・ウイルスよ」

みんながアリスを見る。

「記憶が甦ったのかい」

レインが言った。

「いいえ」

アリスはマットのことを説明した。

「狂信的なテロリストというわけか。くそっ、それじゃあ、あの男がそのウイルスをばら撒いて職員を化け物に変えたわけだ」

スペンスは壁を神経質に指で叩きながら言った。

「彼が実行したわけではないでしょうね。彼自身ここで起こっている事を何も把握できていなかった。彼はただウイルスを盗み出してマスコミに公表するつもりだっただけ」

「くそったれ」

スペンスは彼女の説明など聞いていなかった。

「あの馬鹿のおかげで」

「とにかく」アリスは言った。「とにかく、ここから逃げないと。……そのドアは」

アリスがもう一つある扉を開けようとすると、スペンスが慌てて言った。

「その向こうには奴らが大勢いる」

「じゃあ、出口は」

アリスの問いに誰も答えない。

わずかな沈黙が耐えられなかったのか、カプランが口を開いた。

「女王室へと進む廊下、あそこしかない。しかし女王室には出口がない」

「待つしかないな」

そう言ったのはスペンスだ。

「待っていれば特殊部隊本部が応援をよこすはずだ」

カプランがレインを見た。レインが肩をすくめる。

様子がおかしい。

そう思いスペンスが尋ねた。

「どうした。応援がこないとでも言うのか？」

「時間がないんだ」

カプランが言った。

「鏡の館から地下に通じる秘密の扉は後一時間で閉じる。閉じたら二度と開かない。それまでにここを出なければ……我々は閉じこめられる」

「まさか……」

スペンスは無理矢理笑みを浮かべて言った。

「冗談だろ。俺たちを生き埋めになんか――」

カプランが目を逸らせた。

「汚染が起きた場合。すべて封じ込めるのが唯一の安全策だろ」とレイン。

「それじゃあ、どうして君たちを〈蜂の巣〉に送り込んだんだ。無駄じゃないか」

スペンスの疑問にカプランが答えた。

「我々が出動した時点では〈蜂の巣〉で何が起こっているのかわからなかった」

「何故だ。〈蜂の巣〉のコンピューターが出した指令などは本部でもわかるだろう。ウイルス汚染による処置だということぐらい――」

「赤の女王は閉じている。有線無線を問わず、女王は外のコンピューターとつながっていない。クラッカーなどの電脳犯罪の可能性を絶つ最良の方法はネットワークへつながないことだからね」

「くそったれが！」

スペンスは壁を叩いた。

「その秘密主義が俺たちを――」

「そのとおりだ。我々の使命は赤の女王をシャットダウンすることだった。その時点で赤の女王は狂っていると思われていた。何しろ職員全員を瞬く間に皆殺しにしたのだから。

そして赤の女王を殺して帰って来るには充分な時間が我々には与えられていた。それ以上時間が掛かるのなら、それはより重大な何かが起こっている証拠だ。そうであるなら……」

「我々は切り捨てってこと？」

アリスが尋ね、カプランは頷いた。

「我々を切り捨てることより、〈蜂の巣〉を切り捨てることの方が辛いだろうがね、上の連中には」

「もう地上には出られないのか」

そう呟いたのはスペンスだ。

今にも泣き出しそうな声だった。

「そうは思えないわ」

アリスが即座に答えた。

「どうやって」とスペンス。

「それじゃあ、どうやって出るんだよ」

「行きましょう」

アリスが歩き出した。

「どこへ行く」

後ろから追いかけながらカプランが言った。

「逃げ道を探すの」

「だからどうやって」

「女王を再起動させる」

「それはまずい」

「どうして」

「隊長がどうなったか、知っているだろう」

「それしか方法がない。女王を再起動する。そして逃げる方法を尋ねる」

「赤の女王が我々を助けるわけがないだろう」

「交渉次第よ」

「面白いね」

レインが言った。

「赤の女王を一発脅してやろうじゃないか」

「……なるほど」

言ったのはカプランだ。

しきりに自分で頷いている。そして言った。

「できるかもしれない」

女王室へと入って来た。

カプランはまた中央にある金属のモニュメント――コンソールパネルへと近づいた。

「いいか、よく考えろ。その機械は、ここの職員を全滅させ、俺たちも皆殺しにしようとしたんだぞ。それを甦らせてどうするんだ」

スペンスはカプランの肩を押さえた。鬱陶しそうに彼はそれを振り払った。

「しかし」

カプランはパネルの一部をこじ開ける。

「その殺人鬼しかここでのすべてを知っているものはいないんだ。ここから脱出したければ彼女に尋ねるしかない」

「だがなあ、だが、もし仮に彼女を甦らせたとしてだ、どうやって彼女をコントロールするんだ」

スペンスが背後から尋ねる。

「倫理的には問題かもしれないが、赤の女王の行動は論理的なようだ。当初考えられていたような、狂った行動をしたわけではなかった」

こじ開けたパネルから、カプランは幾つかのボードを抜き出した。それに直接彼の端末をつなぎ、キイを操作した。

「これから再起動する」

ファンが回転する音がした。

灯り(あか)が明滅する。

そして少女の像が現れた。

「あら、どうしたの？」

少女はとても楽しそうに言った。

「自分の手には負えなくなってお母さんに相談に来たの？」

「ぶっとばしてやる」

レインが駆け寄り摑(つか)みかかろうとして、少女の姿をすり抜けた。

「ホログラム映像だ」

カプランが言った。

「警告しましたことよ。覚えてらっしゃるかしら」

少女が気取って言った。

その姿にノイズが走る。

「ここでいったい何があった」

カプランが尋ねた。

少女はパネルの前にしゃがみ込んだ彼を見下ろして言った。

「最初はウイルスによって汚染されたのよ」

「それは知っている。なぜそんなことになったかを聞いているんだ」

「御免なさいね」

少女がぺこりと頭を下げた。

「私にはわからないの。わかっていることはT・ウイルスが抗ウイルスと一緒にすべて盗まれていること。そしてそのうちの一つが割れて、ウイルスの汚染が始まってしまったこと。それだけなのよ」

「それでおまえは職員を皆殺しにした」

スペンスが少女を睨(にら)み付けた。

「ええ、そうよ。当然の処置だわ」

少女は汚れのない笑みを返す。

「ここを汚染したのはT・ウイルスよ。これはね、もともとは老化現象や筋肉が衰える疾患への治療を目的として開発されたの。主な効果としては、成長ホルモンの異常分泌や筋肉系の発達を促進する働きがあるわ。それは部分的には成功していた。ウイルスは確かに衰えた筋肉を蘇生（そせい）するの。でもね、残念なことに被験者はみんな死んじゃった。筋肉も骨格も、すべて機能するようになるんだけど、内臓は全部駄目になっちゃうの。失敗作ね。でもそれはすぐに別の側面で注目されることになったの。細菌兵器としてね。だってT・ウイルスに感染すれば必ず発病するの。そして致死率は百パーセントなのよ」

お気に入りのドレスのことでも語っているように少女はにこやかに話し続ける。

「最初ウイルスはね、空気感染するの。そして筋肉の組成を変え、不死身の兵士へと変化させる。この仕組みもびっくりするほどすごいの。T・ウイルスはバクテリアを繁殖させ、急激に内臓を腐敗させるわ。この腐敗する過程で生じるエネルギーが、変化した細胞を活性化させるの。こうしてアンデッドは誕生する」

まるで救世主の甦りを語るように少女はうっとりとした顔で言う。

「感染しアンデッドに変わった時点で、患者は現実的には死を迎えているのよ。ただし記憶はしばらく存在するようね。人格と呼べるものもしばらくは残存しているらしいわ。そのような記録が残されている」

少女はくすくすと笑った。

「でもすぐに知能は失（う）せ、生存のためのわずかな機能を維持するために行動するようになるの」

「つまり？」

　レインが尋ねた。

「肉を食べること。手に入る肉ならなんでも食べるわ。馬鹿みたいでしょ。だって消化すべき内臓はもう既に機能していないのにね」

「じゃあ、いったい何のために」

「腐敗させ、タンパク質を分解してそこからエネルギーを得るために。肉ならなんでも食べるのよ。贅沢（ぜいたく）は言わないわ。でもたまたまここには人しかいなかっただけ。ただし感染者の肉は食べないのよ。ウイルスに汚染されている細胞はもう腐敗しないから。ねっ、上手（うま）くできているでしょ。ウイルスに感染した敵はすべて死に、それからアンデッドとして甦（よみがえ）る。知人たちが死から甦り襲ってくるのよ。そうして被害は拡大していく。二重にも三重にもダメージを与えることができるわ」

「殺すことはできるのか」

　聞いたのはレインだ。

「できるわ。簡単なことよ。T・ウイルスは機能不全に陥った脳を最後まで利用するの。結局生ける死者を動かしているのは脳の一部なのよ。だから背骨の上。頸骨（けいこつ）を折るか、あるいは脳に衝撃を与えるといいわ。それでアンデッドは動かなくなる。落ち着いてやれば失敗することはないでしょうね」

少女はまるで本物の肺が存在するかのように、大きくそこで息を継いだ。

「さて、そのT・ウイルスが流出してしまった。ウイルスはすぐに空調システムを伝って空気感染していったわ。私はただちに空調を停止し、バイオハザードに対応するAクラスの処置をした。しかしそれでも、その時点で職員の四割が感染している可能性があった」

少女はしかつめらしい顔をつくって「残念なことにね」と首を振った。

「しかし」納得できぬ顔でカプランが尋ねる。「それならなぜ職員たちをすべて殺す必要があった。残りの六割を救出することはできなかったのか」

「ウイルスは環境に応じて姿を変える。いい、このT・ウイルスは敵国にばら撒かれる細菌兵器なのよ。いつまでも空気感染していたのでは、瞬く間に敵味方関係なく感染していってしまう。もともとインフルエンザ並みに感染率の高いウイルスなんですから。だからT・ウイルスは最初空気感染から始まり、やがて経皮感染へと変化していくの」

「それなら余計に……」

「職員の十人に四人が感染してる可能性があるのよ。それをどうやって区別するの。隔離し、検査するための処置をしている間にどんどん発病していく。あなたたちも見たでしょ。

怪物と化した職員たちを。あれを食い止めることは不可能に近いわ。そのようにデザインされているのよ。閉鎖された地域で散布されたら、百パーセント賢明に処置をしたところで感染が広がることを阻止できない」

「経皮感染というのは、あのゾンビどもに触られたら感染するということか」

スペンスが言った。

「接触だけなら大丈夫かもしれない。でも傷つけられたなら間違いなく感染しているわね。爪にも歯にも、ウイルスがたっぷりと付着しているから」

レインが包帯を巻いた手を押さえた。最初に出会ったアンデッドに嚙まれた傷だ。

スペンスがそれを見た。

レインが睨み返す。

「私はウイルスの流出を知ったときに、迅速に〈蜂の巣〉を閉鎖したわ。感染者を一人として外に出すわけにはいかなかったからなのよ」

「しかし、それが兵器ならコントロールできるはずでしょ」

アリスが言う。

「さっき抗ウイルスとか何とか言っていなかった？」

「言ったわ。抗ウイルスが盗まれたってね。ウイルスには抗ウイルスが造られていた。兵器としては当然のことよね。でもそれは根こそぎ誰かに奪われた。ゲームが始まったときに切り札はもうなかったのよ」

「それにしても」カプランだ。「どうして誰かにこの事故を伝えなかった。そうしておけば、我々がおまえをシャットダウンしに来ることはなかったのに」

「どうやって伝えるの？　私は外の世界からは隔絶されているのよ」

「保安要員でも誰でも、とにかく責任者にここで起こったことを伝えれば連絡がいったはずだ」

「そうかしら」

少女は笑った。

「ここに閉じ込められ死を迎えることを知った人間が、素直に地上に連絡だけして素直にここで死を待つと思う？」

少女は意地の悪い笑みを浮かべて、みんなを見まわした。

「ここから逃げ出すためにどんな策略を用いるかわからないわ。アンデッドよりもそちらの方が脅威よ。私にとってはね。……それで、あなたたちは私に何を頼みに来たのかしら」

「我々はここから出るつもりだ」

　カプランが言った。

「私の話を聞いていなかったの？　感染した人間を一人としてここから出すわけにはいかないの。私が何のためにここの職員すべてを処置したと思っているの」

「俺たちは感染していない」

　スペンスが怒鳴った。

「いいものを見せてあげるわ」

　少女が片手を前に翳(かざ)した。するとその下に緑に輝く小さな地球儀が現れた。ゆっくりと回転している。

「感染した人間が〈蜂の巣〉から逃走したとするわね」

　少女は北米大陸の中央に人差し指と中指をそろえてつけた。その真下に赤く点が打たれる。

「とことことことこ」

　少女は人差し指と中指を交互に動かして歩く仕草をした。赤い点は徐々に増えていく。

「感染は十三日以内に合衆国全土に広がります」

　赤い点は急激にその数を増し、北米大陸が真っ赤に染まる。

「カナダ、南アメリカには二十七日間で波及するわ」

世界がどんどん赤く染まっていく。

「なんと二か月で全人類が感染する」

真っ赤になった地球儀が、震えるように点滅して消滅した。

「私は五百名の職員と引き換えに世界を守ろうとしたのよ。それを邪魔したのはあなたたちだわ」

「だから言っているだろう。俺は感染していない」

スペンスが怒鳴る。いつのまにか俺たちから俺に替わっていた。

「この施設にいた職員は五百名。それをあなたたち四人で相手することになる。一人が百二十五人のアンデッドを相手にして、傷一つなく無事でいられると思う？　引っ掻き傷一つで感染の危険があるのよ」

少女が言った。明らかな事実を。

「感染したらそれで終わり。それは認めよう。我々にしても世界を滅ぼすつもりはない。だからここから脱出するための路を教えて欲しい」

カプランが説得を試みた。

少女はその顔をしばらく眺めて、言った。

「あなたたちが人間としての誇りを維持しながらできる最良の方法はたった一つだわ。脊椎に弾丸を一発撃ち込むの」

「何を言っている」

言ったのはアリスだ。

少女は肩をすくめた。

「そうやって自殺すれば甦らずにすむのよ。生ける死者としてね」

アリスは少女のホログラフィーの正面に立った。

「いい。私は死ぬつもりなどない。絶対に生きてここを脱出するつもりなの。わかる?」

アリスはコンソールの中に手を入れ、コードを指先に巻き付けた。

「だからそれに協力するのよ。でなければ、今度はおまえを再起不能なように破壊してやる」

レインが喉の奥で笑った。

「女王様、ホールドアップだ」

軽機関銃をコンソールにつきつけた。

「あなたたちは勘違いしているわ」

少女は楽しそうに笑った。

「私は赤の女王と呼ばれるコンピューター・プログラムなのよ。人ではない。そんな脅しが通用するわけがないわ。だって私は死など恐れていないんですもの」

「そうだろうか」

カプランがそう言いながら金属の小さな箱を取り出した。平べったい正方形の箱だ。それからコードが伸びている。その先をコンソールボックスから取り出したボードへと差し込んだ。

「赤の女王は最新鋭の人工知能だ。人の思考へと極限まで近づけていった結果、それは多くの面で生物と同様のシステムを持つこととなった。その一つが個体の維持、あるいは種の維持だよ。君は君というシステムを守るようにできている。どのような形であろうとね」

カプランが金属の箱にあるボタンを押した。赤い光が点る。そして、しゅるしゅると何かがこすれるような音がした。

「それがこの〈蜂の巣〉を守ることとイコールだからだ。だから君はシステム維持を第一義に考える様にできているはずだ。簡単に言えば君は生きようとする欲望を持っていることになる。逆に言うのなら君はシステムの終焉、つまり死を恐れていることになるんだ」

箱の光が緑に変わった。

カプランは箱の金属の蓋を開く。

中には銀に輝く円盤があった。

「これには君の基本システムとほぼすべての研究成果がデータとしてコピーされている。これもまた君であり、君の子供だ」

カプランはその銀盤を、彼の端末のスリットに差し入れた。吸い込むように銀盤が中に消えていく。

「何を話しているのかしら」

少女は無垢な子供の笑みを浮かべた。

「今から君の本体を破壊する。強力な電流を流すことでね。それで君は死ぬ」

最初にここに持ち込んだ機械を、幾つかのボードに順につないだ。

「使う機械はまったく同じだが、これは最初に君をシャットダウンした時とは設定がまるで違う。根本的に君の記憶装置のすべてを焼き切るようにしてあるんだ。作動すれば君というシステムがすべて消え去ることになる」

「あなたたちは勘違いしている。私に本当の意味での死などないのよ。それに恐怖する機能などもない。当然のことだわ」

ホログラフィーの少女から笑みが消えていた。

「さあ、ここからどうやって出ればいいのか、順路を教えてくれ」

カプランはスイッチに指を押し当てた。

そして端末からつながるコードのジャックを、ボードから引き抜いた。

「そんなことをしても――」

カプランはスイッチを押した。

コンソールから火花が散る。

一瞬照明が落ち、そして明るくなった。

少女の姿が消えていた。

「おい」

スペンスだ。

「返事を聞く前に壊しちまってどうするんだよ」

カプランはそれを無視して、端末のキイを操作しはじめた。

「さあ、返事をしてくれ」

カプランはその端末に向かって言った。

「ここからの逃走順路を教えるんだ。でなければ、すぐに君の情報をすべて消し去る」

「あなたたちの下品な恫喝にはうんざりだわ」

端末から声が聞こえた。

さっきまでの少女の声とは異なるが、その口調は同じだ。

「どういうことだよ」

レインが尋ねた。

「さっきの記憶媒体にコピーした赤の女王だよ。これなら彼女と同行できる。途中で彼女の意見を聞くことが可能だ。そして彼女はずっと私たちの人質となる」

「私はあなたたちを恐れてはいないわ」

「順路を言うんだ。本体がどうなったか知っているだろう。君が本当に我々の役に立たないのなら、この場ですぐに壊してしまう。君という存在は永遠に消滅するんだ。さあ」

カプランはキイに指を置いた。

「協力するかどうか、今すぐ返事が欲しい」

5

それは、触手と見間違えるほどの長い舌をだらりと垂らした。

その身長よりも長い舌が金属の床を「舐(な)める」。

彼の名前は〈舐めるもの(リッカー)〉。

ぎぃいい、と音がして床が削れた。

舌には鱗のような棘がびっしりと並んでいる。金属を磨くためのヤスリのようなものだ。

それが再び床を舐めた。

神経に障る音がする。

さっきアンデッドを一体食べたところだ。

腹が満たされた。

だが満たされない。

何かをしなければならないのだ、何かを。

生体溶液のタンクから解放された。

それで苛つくことはなくなると思った。

怒りは失せるのだと思った。

が、それは間違いだった。

彼は自由を得たが、苛立っていた。

食欲も満たしたが、やはり苛立っていた。

身体の奥を掻きむしりたくなるような欲求がある。堪えられぬ不快感が身体の中で蠢いている。だが、それが何なのかがわからない。

ひたすら腹が立つ。

憎悪は失せることなく、彼の身体を満たしている。

どうすればいいのかわからない。

何をしても何かが違う。

だから苛々する。

体長よりも長いその舌で、また床を舐めた。

それから苛立ちに任せ、跳んだ。

飛んだかのように見えた。

その身体が反転して天井に張り付いた。

鉤爪(かぎづめ)が天井に食い込んでいる。

身体を動かすと、少しだけだが気が晴れた。

あのふらふら動くうすのろどもは、出会うたびにバラバラに引き裂いてやった。

そのときだけ、わずかばかりの安息が彼に訪れる。

本当に一瞬の、それそのときだけの安堵(あんど)。

そして次の瞬間には苛立ちが増している。

憎悪が膨れあがっている。

長く鎌のような爪を使い天井を這(は)った。

まるで巨大なヤモリだ。

身体を左右にくねらせて天井を進む。

苛立ちが押さえきれない。

怒りが身体を震わせる。

彼はおうおうと泣いているかのような声をあげた。

いったん声を出すと堪えられなくなった。

肺いっぱいに空気を吸い込み、吠(ほ)える。

どこか絶望を思わせる陰鬱(いんうつ)な咆哮(ほうこう)が廊下を震わせた。

6

怯(おび)えた鼠のように、スペンスが顔を上げる。

周囲をきょろきょろと見回した。

女王室から床板を剝(は)がして下の階へと降りた。赤の女王がそれを指示したからだ。

そこからさらに迷路じみた回廊と階段を経て下へと進む。

そしてここにやってきた。

上下水道を含むすべての配管が通されているトンネルだ。

「なあ、何か聞こえなかったか」

スペンスが言った。

アリスが首を左右に振る。

スペンスはまた怯えた目で周囲を見回した。巣穴から顔を出した鼠そっくりだ。

その間にもカプランは通路の端に設置されていたコンソールパネルに端末をつなぎ、せわしなく指を動かしていた。

モニターには〈蜂の巣〉の平面図が映し出されている。

「現在位置は」

「その赤い点よ。〈蜂の巣〉の最下部に四つ。それがあなたたち」

端末から声がした。赤の女王の声だ。端末の音源を利用しているので、前のものよりはかなり人工的な声だ。発音もどこか不自然だ。

「ここから効率よく脱出するルートを示すわ」

モニターにある平面図に青い線が延びていく。

「どこにアンデッドがいるのかはわからないのか」

横からレインが言った。

「それがわかればずいぶん楽になる」

「無理よ」

あっさりと赤の女王が答えた。

「〈蜂の巣〉であなたたちを捕捉(ほそく)しているセンサーは熱センサーよ。死体たちは体温を持っていない。だから感知は不可能よ。お役に立てなくて残念だわ」

感情を感じさせない声で喋(しゃべ)っている間に、地上へ向かうプラットホームまで青い線がつながった。

「その線をたどっていけば地上に出られるわ」

「わかった」

カプランがコンソールパネルからジャックを抜こうとした。

その手をアリスが摑(つか)んだ。

「ちょっと待って」

平面図の中の一点を指差す。

「これはなに」

女王室のあった辺りに、小さな赤い点がある。それは明らかに移動していた。

「熱センサーのデータから類推するなら……人間である確率が高いわ。体長は百八十センチメートルあまり」

「生存者がいたのか」

カプランが言った。

「そのようね。助けにいく？」

赤の女王が尋ねた。

「よく生きていたもんだわ」

アリスは不審を露わにそう言った。

「あなたがすべてを殺したんじゃなかったの」

「すべてを処置したつもりだったわよ。でも間違いだったようね」

「なぜ今まで気がつかなかった。あなたの優秀な熱センサーがそれを捕らえていたはずでしょ」

「私も完璧ではないということね。さあ、どうするの。そこにまで行く順路を探し出す？」

「罠だよ」

そう言ったのはレインだ。

鼻先で笑う。

「あまりにもわかりやすい。間抜けなウサギでも素通りするような罠だ」

「そうかしら」

「そうだ」

アリスはそう言うとジャックを引き抜いた。

あっ、と声をあげるカプランの背中を押す。

「行きましょう」

「しかし……」

カプランはまだ迷っているようだった。

「あれが人であるわけがないわ」

断言すると、アリスはモニターに映し出された順路を見て歩き出した。

「そうだよ」

スペンスがその後ろにつく。

「第一、今まで一人だったんだから、助けなんか必要ないさ」

「わかんない奴だな」

レインがスペンスの尻を思い切り叩いた。

「あれは人じゃないって言ってんだろ」

「なら、急ごう」

カプランが脚を速める。

「この通路の全長は一・五キロもあるんだ」

四人は奥へと急ぐ。

「アリス」

レインが彼女の横に並んだ。

「これ」

アリスに渡したのは突撃銃だ。

「JDが持っていたものだよ。使い方はわかるか」

アリスは頷(うなず)いた。

「どうして私に」

「一度に二つの銃は使えない」

肩から提げた軽機関銃をアリスに見せた。

「それに、なんだかおまえは私と同じニオイがする」

レインが掠(かす)れた声で笑った。

アリスが笑い返す。

一瞬見て彼女もすぐにわかった。

レインは仲間だ、と。

同じことを感じ、同じことをしようとしているのだと。

「俺にも銃を」

スペンスが近づいてきた。

「駄目だ」

即座にレインが答える。

「おまえは兵士じゃない」

「なんでだよ。俺もアリスと一緒に館を守っていたんだぞ」

「思い出したの？」

「えっ？」

アリスに問われてスペンスは間の抜けた声を出した。

「私と館を守っていたことを思い出したの、って聞いているのよ」

いや、とスペンスは首を横に振った。なぜか目を伏せている。

「君は、アリスは何か思い出したのか」

「いいえ、何も」

嘘をついた。

この男に正直に答える必要はない。

そう思っていた。それが彼女の直感であり、彼女はそれを信用していた。

トンネルはやがて剝き出しの岩肌を見せる天然の洞窟に変わっていった。

天井や側面を太いパイプが何本も通る岩壁は、昼光灯に照らしだされ濡れて輝いていた。

あまり歩き続けたくない場所だった。少なくとも朝のランニングのコースには相応しくない。

カビの臭いが濃厚だった。

深く息でもしようものなら激しく咳き込んでしまうほどだ。

そして湿気た空気は身体を締め付けるほどに冷たかった。

「まだかよ」

スペンスは自分の身体を抱きかかえて震えていた。

「まだだ」

カプランがそう答え、急に立ち止まった。

「……あれは」

廊下の端へと歩く。

そこには青い防水シートを被せた何かが置いてあった。

カプランはそのシートを一気に外した。

そこにあったのは電動で動く四人乗りのカートだった。なるほどこれだけの距離を移動するために、何か設備があると考える方が普通だ。

「ぃいやっほー!」

スペンスが奇声をあげた。

子供じみたその態度に、カプランが呆れた顔をした、そのときだ。

アリスが突撃銃の銃口をもたげた。

「おいおい、俺は何も」

カプランが手を振る。

「伏せろ、カプラン!」

アリスが叫ぶのと、カートの中からそれが顔を出すのとはほぼ同時だった。

カプランは咄嗟にアリスの指示に従っていた。

アリスが引き金を引く。

五・五六ミリの弾丸が、それ——アンデッド——の額から飛び込み、後頭部を炸裂させた。

「すまん」

カプランが言った。

そして崩れ落ちた死者をカートから引きずり出す。

「早くしたほうが良さそうだな」

カプランが真っ先に中に乗り込んだ。スペンスがそれに続く。

アリスとレインが後部座席に乗ると同時に、カートは走り出した。

それを待ってでもいたように、通路のそこかしこから生ける死体たちが現れてきた。

まるで今薄闇の中から生まれ出(い)でたかのようだった。

レインとアリスが立ち上がる。

それぞれに銃を構えた。

「無駄弾を撃つなよ」

アリスが言う。

「当たり前だ」

レインが笑う。

二人とも、愉(たの)しみにしていたコンサートに出かける陽気さだ。

前から死者たちが迫ってくる。

生へとしがみつくかのように両手をもたげ、腐汁を口から滴らせて。

アリスが、レインが、引き金を引く。

面白いほど正確に、アンデッドたちの頭が撃ち抜かれていく。カーニバルの射的なら、山ほどぬいぐるみを手に入れただろう。

一発で一体。

一つの無駄もなく死体たちを真の死へと導いていく。

レインの掠れた笑い声が聞こえた。

楽しくて仕方ないのだ。

その気持ちはアリスにも良くわかっていた。

わかっていた、どころではない。彼女も内緒話をする少女の様にくすくすと笑っていたのだ。

カプランは必死だった。

蟻塚を戯れに壊してしまったときのことを思い出す。わらわらと這い出た蟻にパニックを起こした子供の頃を。一匹ずつの蟻は恐れるに足るものではない。が、赤く腫瘍のように塊となって蠢くそれが、脚から這いあがり腕を首を刺すのだ。

そのときの恐怖を思い出していた。

ああ、だとか、わあ、だとかスペンスが叫んだ。

横から飛び付いてきたアンデッドが、カートに摑まったまま引きずられていた。電動カートのスピードなどしれている。

それは執拗にカートの中へと這い上がろうとしていた。

気づいたカプランが、片刃の戦闘用ナイフを振り下ろした。

カートにしがみついていた指が、ぽろぽろと落ちた。

悲鳴混じりの怒声とともに、スペンスがそれの頭を殴った。

カートから振りほどかれたアンデッドが後方へと転がっていく。

「俺にも武器をくれ！」

スペンスが叫ぶ。

目が涙ぐんでいた。

それを見もせず、カプランは腰の自動拳銃を抜いた。

「弾はあるだけしかない」

スペンスに渡した。

カートが大きく揺れる。

倒れた死体を踏み越えたのだ。
後ろからはリズミカルに銃声が聞こえていた。
しかしアンデッドの数は減らない。
増えているようにさえ思える。
突然、正面に顔が現れた。
下から這い上がってきたのだろう。
死者の顔だ。
瞼が千切れ、白濁した眼球が剝き出しになっている。
怨みを込めて睨んでいるかのようだった。
息を呑んだ。
それはＪＤだった。
頬の肉を嚙みきられ、開いた傷口から嚙み締めた奥歯が見えていた。
身が竦んだ。
何をしたら良いのかわからない。
腐ったバナナの房のような手がカプランの腕を摑んだ。
堪えきれず声を上げてしまった。

ナイフを取り落とす。

「スペンス！」

撃つか、あるいはナイフを拾うか、どちらかを期待してカプランが叫んだ。

が、スペンスはＪＤ以上に目を見開き後退(あとずさ)っただけだった。Ｏの字に開いた口から悲鳴が漏れていた。

ＪＤは裂けた唇を開いてスペンスの首筋へと頭を近づけた。毒蛇のように。

その額に軽機関銃の銃口がぴたりと突きつけられた。

「あばよ、ＪＤ」

レインの弾丸がＪＤの額に穴を空けた。

ＪＤの魂は救われ、肉体はカートの下敷きになった。

そのときのことだ。

再びカートがバウンドした。

スペンスは必死になってハンドルを握った。

ＪＤに気を取られてまったく気づいていなかった。

目の前で洞窟(どうくつ)は急に曲がっていた。

ブレーキを掛けながらハンドルを切る。

片方の車輪が持ちあがった。
タイヤがきいいいと悲鳴をあげる。
角を曲がるとすぐそこに無数のアンデッドたちがたむろしていた。
カプランにはもうカートを制御することができなかった。
カートは傾き、道を外へと膨れて耐えきれず横転した。
立って銃を構えていたアリスは、大きく投げ飛ばされた。
レインの身体が目の前を交叉（こうさ）する。
床に叩（たた）きつけられた。
頭部を打つ音が大きく聞こえた。
そしてアリスの意識が失（う）せた。

霧を感じた。
目を開けばミルクに浸されているような霧。
突風が吹いた。
霧がたちまちのうちに晴れていく。
そしてアリスはおとぎ話に出てきそうな森に立っていた。

手に受話器を持っている。

声が聞こえていた。

女の声だ。

何度か彼女には会ったことがある。

そう、彼女の名はリサだ。

ウイルスは手に入る。

アリスは言った。

システムの見取り図はもう手に入れているから。それよりあなたはどうなの。それを持って逃げることができるの？

できる。

リサは簡潔にそう答えた。

アリスは詳細なアドバイスを伝える。

と、後ろから誰かに抱き付かれた。

瞬時顔が引き攣り電話を切る。そして後ろを振り返るまでには笑顔を浮かべていた。

そこにいるのは彼女と結婚している男。

スペンス。

聞かれたか。
一瞬アリスはそう思う。
胸に顔を埋め、抱きしめた。
何をしているんだ。
スペンスは言った。
電話してた。
どんな話？
夢よ。夢のような話。
なるほど。
スペンスは大きく頷(うなず)いた。

目が覚めた時、アリスはあまり楽しい状況にはいなかった。
カートが倒れていた。
倒れたカートの下にカプランがいた。
脚が挟まれているようだった。
レインは軽機関銃を連射していた。

そのまま撃ちつづければ後数十秒で弾倉が空になるだろう。

さすがに不敵な笑みが消えていた。

スペンスは銃を構えていた。

全弾撃ちきって遊底がスライドしたまま止まっている。そのことにも気がつかないのだろう。泣きそうな顔で引き金を何度も何度も絞っていた。

四人はアンデッドたちに囲まれていた。

そしてアリスたちを囲む死者たちの円は少しずつ縮まっていく。

絶望的な状況だと言えるだろう。

しかしそれでも、アリスは死ぬ気がしなかった。

「お嬢ちゃんはお目覚めかい」

レインが言った。

「ああ、おかげさまで良く眠れた」

「じゃあ護衛を頼む」

言ってレインは倒れたカートに手を掛けた。

小さな身体の、しかし逞しい腕が一回り膨れ上がる。

上腕部に血管が浮かび上がった。

閉じた口からうむと声が漏れる。
かすかにカートが持ち上がった。
その間にもアリスは光学照準を見ながら正確な射撃を始めた。
前後左右と近づくものから順に、確実に倒していく。
さすがのレインもカートを一人で持ち上げるのには苦労しているようだ。
それに気づいたアリスは、唯一何の役にも立っていない男に声を掛けた。
「スペンス！」
スペンスはなにも聞いていなかった。
空ろな顔で引き金を引き続けている。
舌打ちし、アリスは銃から手を離した。
スペンスの胸倉を摑み自分の方を向かせると、頰を叩く。
小気味良い音がした。
「何するんだ！」
我に返ったスペンスが怒鳴った。
その頰をもう一度平手で打ち、アリスは言った。
「カートを起こすんだ。カプランを助けるのよ。今度質問したら拳で殴ってやる」

「なんだよ。わかったよ」

銃をズボンに挟むと、スペンスはカートに手を掛けた。

「力を入れろよ」レインが言った。「一、二、それっ！」

カートが持ち上がった。

その間に慌ててカプランが這いだす。

脚が抜け出ると同時に二人はカートから手を離した。

「歩けるか」

レインは手を出す。

「ああ、大丈夫だ。折れてはいない」

その台詞を聞き終わる前に、彼女は再び銃撃に加わっていた。

「上だ」

誰に言うとなくカプランが言った。

「さっきからずっと見ていた。あの上を伝って逃げるんだ」

カプランが指差しているのは天井の近くを這う太いパイプだ。

「カートの上に乗ればなんとか這い上がれるだろう」

まるで砂糖にたかる蟻のようにわらわらと死者たちが集まってきている。相手の数はあまりにも多すぎた。いつまでもここで応戦できるものではない。

「行け！」

カプランに尻を押されて、スペンスがパイプの上に乗った。続いてカプランが、その手を借りてレインが上がった。

とうとう最後になった弾丸をアンデッドの額に撃ちこんでから、アリスもパイプへと上がった。

近づく死者の頭に銃を叩き付ける。

怒りか、あるいは飢えの呻き声をあげながら、アンデッドたちがパイプへと腕を伸ばした。

どの死者も指先がやっとパイプに届く程度だ。あまり複雑な動きはできないらしく、カートに脚をかけてよじ登ってこようとするものはいなかった。

すぐそこに死者たちが蠢いているのだが、こうなると鎖でつながれた犬と大差ない。

だがバスに乗って死者たちのサファリパークを見学する気分になるほどにも安全が保証されているわけでもない。

四人の成人男女を乗せても良いようにパイプが作られているわけではないのだ。そのことを警告するかのようにみしみしとパイプが軋む。

パイプから天井まではほんの四、五十センチ。そこに這い蹲（つくば）って四人は匍匐（ほふく）前進していた。

すぐ下で腕を伸ばすアンデッドたちの呻き声が始終聞こえている。

パイプは延々と続き、疲労は蓄積していった。

「ちょっと、休憩できないか」

言ったのはスペンスだ。

「馬鹿か、おまえ」

その後ろから言ったのはレインだ。

「膝（ひざ）が擦り切れたんだ」

悲しそうにスペンスが言った。

「泣き言はママに会うまで我慢しな」

「休む暇はないんだ、スペンス」

カプランがだめ押しをした。

「もうかなり無駄な時間を過ごしているんだ」

しくしくとスペンスが泣きはじめた頃だ。

「よし、もう少しだ」

カプランが言った。

その先でパイプは二つに分かれていた。一方は前方の通気口の中に消えている。もう一つはそこから壁に沿って曲がり、さらにその向こうの側壁にある通気口につながっていた。

「正面の方へ進む」

後二百メートル足らずの距離だった。

誰も口を開くことなく、ひたすら進み続けた。

手の届かぬ餌を求め、生ける死者たちがぞろぞろとその後を追う。

ようやくパイプの分岐点にまでやってきた。通気口は金網で塞がれていた。

カプランはいったん分岐したもう一つのパイプに身体を避け、金網をナイフを使ってねじ切りはじめた。

「まだか」

血走った目でスペンスがカプランを見た。

「そこで金網を蹴ってくれ」

カプランが言った。

スペンスはゆっくりと身体を動かし前後を入れ替えた。

前に出た両脚で金網を蹴る。

パイプを壁につなぎ止めるワイヤーが、壁に取り付けてあるボルトとこすれぎしぎしと恐ろしげな音をたてた。

何度か蹴ったとき、金網はぐしゃりと内側に折れ曲がった。

「これで通れるだろう」

スペンスが言うが早いか、金網に身体を掻かれながら中へと這っていった。

そしてレインが、アリスがそれに続く。

アリスが入り終えた、その時だった。

ワイヤーをつないでいるボルトが、壁面からはじけ飛んだ。

パイプが傾ぐ。

ぎいいいと金属の管が悲鳴をあげるような音をたてた。

「カプラン！」

アリスが叫んだ。

いったんバランスが崩れると、ボルトに掛かる力が不均等になる。

見る見るうちにボルトが壁から抜け落ちていった。外れたボルトが銃弾のように飛ぶ。

そのたびにパイプは大きく傾いだ。

そしてとうとうパイプが裂け、千切れた。

金属音が洞窟内に響く。
祭の予感に死者たちが騒ぎはじめた。
裂けたパイプの先端が床へと垂れた。
ずるずると脚を滑らせながら、カプランは上へと這い上がった。
アリスたちの入った通気口からはますます遠ざかっていった。
その通気口からアリスが顔を出す。
今からカプランを助けるのなら、死者の群れの中に飛び込むしかないだろう。
「行け！」
カプランが叫んだ。
「構わず進め！」
手を振る。
またパイプが軋んだ。
床についたパイプの端から、アンデッドたちが這い上がってきた。
「銃を」
アリスはレインに手を伸ばした。
レインはそれだけで彼女の意図を悟った。

スペンスの腰から拳銃(けんじゅう)を奪い取る。

「何をするんだ」

それには答えず、レインは自分の弾倉から一発の弾丸を抜いてその拳銃に込めた。

「ほら」

アリスに手渡す。

彼女はまた通気口から顔を出して言った。

「受け取れ！」

拳銃を投げた。

カプランはそれを手にした。

それの意味を充分に理解していた。

「これを」

カプランは左腕につけたコンピューターを外し、アリスへと投げた。

「行こうか」

コンピューターを受け取ると、最後まで見ることなくアリスは言った。

彼女たちがその場を離れてすぐ、銃声が一度聞こえた。

第三章　クイーン・アリス

「でも、どうしてわたしの知らない間にここへ載っかったのかしら？」とアリスはつぶやいて、頭から持ち上げ、いったい何か知るために、ひざの上へおきました。それは金の王冠だったのです。

I

生理的な感覚のすべてが不快の方向を指している。

苛立（いらだ）ちが最高潮となると、戯れにアンデッドたちを襲った。

長い舌で首を撫（な）でるだけでアンデッドは倒れる。それだけでは到底苛立ちは収まらず、倒れたアンデッドの手足を引きちぎり、腹を裂き、頭を抜き取った。

それでも収まらなければ鞭（むち）のような舌や鎌のような爪やナイフのような牙（きば）で死体を解体した。

ミキサーにでも投げ入れたかのような肉塊に変えてから、次のアンデッドへと取りかかる。

そうしていれば、多少は気分が落ち着いた。

そして〈舐めるもの(リッカー)〉は直感していた。
彼を苛立ちから救うものの存在を。
それは彼が窮屈なタンクから解放されることを確信したのとまったく同じ感覚だった。
間違いなく、それはいる。
存在するのだ。
だから〈舐めるもの〉はそれを追っていた。
それが残しているのはわずかなニオイだ。
しかし彼はそのわずかなニオイから様々な情報を得ていた。
まずそれが生きていること。
うるさくまとわりついてくるこの死者たちとは異なる何かがいるのだ。
そしてそれは、彼と同様に死者たちと戦い、それを楽しんでいること。
歓喜のニオイが、大勢の解体された死体の近くに行くとするのだ。
仲間だ。
それは思っていた。
その仲間のところへ行く。
彼はニオイを追って地を這(は)った。

速い。

四つ足で身体を左右に揺すりながら移動するその姿は大型の爬虫類を思わせたが、それの走る速度は走るのを得意とする哺乳類のものだった。

彼は疾走する。

疾走しながら彼は感じる。

ニオイがさらに強くなっているのを。

それが近づいていることを。

2

心底楽しそうな笑い声がする。

レインだ。

三体目のアンデッドを倒したところだ。

アリスも同じく三体目の首をへし折った。

声こそ出さないがにやにやしている。

まるでセクシーな美女を目の前にした男のように。

薄暗い廊下を歩き続けてここまで来た。そこかしこに生ける死体の姿があった。
レインもアリスも、それを獲物としてしか捕らえていなかった。
スペンスは二人に守られ、膝を抱えて爪を噛んでいた。
もう既に弾丸は底をつきかけている。
あるのはレインが腰に下げている自動拳銃だけ。弾丸は残り五発。
できればあまりそれを使いたくなかった。
今、銃の使い方として一番正しいのはカプランのように使用することのようだ。
ああ、と溜息のような声をあげてアリスが四体目の首を折った。
ナイフをレインから預かっていたが、それよりも素手が気に入っているようだ。
最後のアンデッドに手を伸ばそうとしたら、レインが飛び込んできてタックルした。
倒したそれの首を蹴り折る。
「いただき」
レインが言った。
息が荒い。
その顔が少し青ざめている。
「大丈夫か」

アリスが声を掛けた。

その意味をしばらくレインは考えていた。

手の包帯は錆(さび)色に固まっている。

血は止まっていた。

だがそこから侵入したウイルスは、確実に彼女を蝕(むしば)んでいるようだった。

「まだだ」

レインは答えた。

「よう」

スペンスだ。

「ようってば」

「なんだ、また歩けないって言い出すのか」

言ったアリスを睨(にら)んで言う。

「ここは前に通ったところじゃないか」

「どういうことだ」

「だから同じところを歩いてるんじゃないのかって言ってるんだよ」

「道に迷ったってか」

レインだ。

「そうだよ」

「これが教えられたルートだ」

アリスが言うと慌てて答える。

「だから言ってるんだ。赤の女王が俺たちを騙してるんじゃないのか。罠だよ。これは罠なんじゃないのか」

「じゃあ罠だとして、どうすればいい」

アリスに問われ、スペンスは黙った。

「助かりたいなら進むしかないんだ」

進もうとするアリスに、レインが言った。

「あそこにコンソールパネルがある」

なるほど廊下の端にモニターが青白く光を放っていた。

「接続して、もう一度女王に確かめてみたらどうだ」

頷き、アリスはそのコンソールパネルに駆け寄った。

カプランから受け取ったコンピューターから伸ばしたコードを端子に差し込む。

「おいで、赤の女王」

「何かお困りかしら」

精一杯気取った声がした。

「私たちの現在位置はわかる?」

「そんなことが知りたかったの?」

モニターに地図が移った。

「赤い点があなたたちよ」

「間違いなく我々は地上に近づいているの?」

「どういう意味かしら」

「騙してないかって聞いてるんだよ」

レインが横から口出しした。

「もし騙しているのなら、私があなたたちを騙していると言うはずがない。騙していないのなら、当然騙しているとは言わない」

レインが舌打ちした。

「もうそんな奴はどうでもいいや。ここで捨てちまえ」

「それより……これ」

アリスが赤い小さな点を指差した。

「これは私たちじゃない」

その赤い点はアリスたちのいる廊下のすぐそばにいた。そしてまっすぐ彼女たちの後を追ってきている。

「これはなんだ」

アリスは言った。

その眼は廊下の向こうを見つめている。

そこには何もいなかった。

「人じゃない。そうだろう」

言いながらレインは銃を抜いた。

赤い点は廊下をまっすぐアリスたちへと近づいている。しかしその姿は見えない。

「どういうことだよ」

レインが所在なく銃口を左右に揺らす。

モニターの中で、赤い点は間もなく三人の赤と重なった。

もしそれが現実の何かを指しているのなら、それはこの部屋にいるはずだった。

アリスとレインは背をつけ、周囲を見回した。

「熱センサーが壊れているのか」

アリスが言ったときだ。
びしゃりと生温かい何かがアリスの肩に落ちた。
指で拭う。
黄ばんだそれは、どろどろした生温かい粘液だった。
アリスは上を見た。
それは天井に張り付いていた。
まるで皮膚を剥いで筋肉を剝き出しにされたかのような身体が左右に揺れていた。
だらりと長い舌が垂れる。
まるで触手だ。
舌先がレインの頰を撫でた。
それだけでレインの頰が裂けた。
血が滲む。
二人はその場を弾けるように飛び退いた。
濡れ雑巾を叩きつけるような音をたて、それ——〈舐めるもの〉——は床に降りた。
同時に鞭のようにしなう舌がアリスを襲った。
脚を狙ったそれをジャンプしてかわす。

そして〈舐めるもの〉へと駆けた。

慌ててそれは長い舌を戻した。

その時にはアリスの姿が消えていた。

頭上へと跳んだのだった。

空中でナイフを構える。

全体重を刃先にかけ、怪物の首筋へと叩きつける。

刃先が皮に深く食い込んだ。

が、そこまでだった。

〈舐めるもの〉は背に回ったアリスの足首を掴(つか)んだ。

そのまま無造作に壁へと投げる。

恐るべき膂力(りょりょく)だった。

アリスは背中から壁に激突した。

跳ね返り床に落ちる。

アリスの惨状を見ることなく、レインは銃を撃っていた。

弾丸は〈舐めるもの〉の肩にめり込んだ。

しかし彼は苦痛にさえ思っていないようだった。

それどころか歓喜とも取れる声をあげて、レインに飛び掛かっていく。
レインは動くことなく銃を構えさらに二発、怪物の胸と額に弾丸を撃ち込んだ。
〈舐めるもの〉は怯まなかった。
まっすぐレインに突っ込んでくる。
レインは腰を落とし、背後に倒れた。
被さるように〈舐めるもの〉が襲いかかってくる。
タイミングを合わせてレインはそれの首を摑み、脚で腹を蹴った。
怪物の姿が反転して背後に投げ飛ばされる。
が、それは床に叩きつけられることなく身体をひねって着地した。
着地の瞬間を狙っていた。
その頭へアリスの鋭い蹴りが飛ぶ。
が、怪物は身体をわずかに後方へとずらせた。
ブーツの爪先が〈舐めるもの〉のへしゃげた鼻先をかすめる。
その脚を引くと同時に、アリスは自らも一歩下がった。
二人と怪物は対峙していた。
一瞬の間が空いた。

「強ぇよ、こいつ」
レインが嬉しそうに言った。
アリスも笑っていた。
笑いながら油断なくナイフを構える。
怪物が彼女へと舌を伸ばした。
まるで槍のようだ。
アリスはわずかに身体をひねってそれを避けた。
舌先はアリスの胸をかすめ、上着を裂いた。
と、予備動作もなく怪物が跳んだ。
にもかかわらずそれを見切っていたアリスは、逆にその下へと滑り込んだ。
ナイフを一閃する。
怪物の腿にナイフが突き立った。
着地した〈舐めるもの〉は、一転二転して立ち上がった。
大口を開いて吠える。
歓喜の咆哮だ。
「笑ってやがる」

そう言うレインも楽しそうだ。
一歩怪物へと踏み込む。
同時にアリスも跳ぶ。
大胆にもアリスはその首を腕で抱えた。
頸骨(けいこつ)を折るべく首を絞める。
〈舐めるもの〉は腕を振った。
鋭い爪がアリスの脇腹に食い込もうとした。
その時レインは、拳銃(けんじゅう)の銃口を怪物の口にねじ込んでいた。
長い舌が彼女の腕に巻きついた。
同時に引き金を引いていた。
二度引く。
鎌のような爪はアリスに触れる前にだらりと垂れ下がった。
〈舐めるもの〉の頭がぐったりと垂れ、舌がレインの腕から外れる。
倒れようとするそれの首を、念を押すようにアリスがへし折った。
みきりと大きな音がした。
アリスはそれを床へと捨てた。

「なんだ、こいつ」

言うとレインは弾丸を使い果たした銃をそれに投げ捨てた。

「T・ウイルスと同じよ」

答えたのは赤の女王だった。

「彼はアンブレラ・コーポレーションが造ったの。〈蜂の巣〉でなされた初期のプロジェクトのひとつね。スーパーバイオメカニカル兵器なのよ。遺伝子を操作し造りだした生物兵器。幾つかは試作されたけれど生き残っているのはこれだけ。生物兵器としては未完成なままだったのよ」

「遺伝子を操作してって、まさか……」

アリスは〈舐めるもの〉を見下ろした。

剝き出しの筋肉も長大な舌も異様な形態をしているが、基本は二足歩行するヒトの形をしている。

「そうよ。人の卵子を使っている。そうすることで日本猿よりは優秀な兵士を造れたからよ。これも三歳児程度の知能を持っているらしいわね」

「くそだよ」

レインが言った。

「おまえたちのやっていることはくそばかりだ」

「私は単なるプログラムよ。もしそれが『くそ』であるなら、それは私を造った人類というものが『くそ』だということだわ」

「そうかもしれない。くそ人間の造ったくそプログラムがおまえだ。それでいいよ」

　アリスが吐き捨てるように言った。

「で、これは最後の質問だ。おまえは嘘をついていた。こいつの正体を知りながら黙っていた。そうなるとおまえの教えた道順が嘘である可能性も高まる」

「それはさっき言ったはずよ。私が正直者であろうと嘘つきであろうと解答はひとつ、嘘なんかついていない、だわね」

「おまえをここで消去する。もうなんの役にも立たないのだから。いいわね」

「…………」

「返事は」

「あなたたちも嘘をついているわね」

「何が嘘だ」

「感染者がいないと言っている」

「いないじゃないか」

「レインは感染者だわ。感染者は一人として外に出すわけにはいかない」

「だから？」

「彼女をここに残していくのなら正しい道を教えてもいいわね」

「本当に正しい道など知っているのか」

「何を言っているのよ」

「さっき言っていただろう。どちらにしても『嘘をついていない』と解答すると」

「それは――」

「いずれにしろおまえはでたらめな情報を教えるだろう。私たちにね」

「それは誤解だわ」

「おまえの切り札はこの怪物だけだ。他におまえが我々を阻止する方法はない。だから」

アリスはキイボードに指を伸ばした。

「やめなさい。やめるのよ。早まってはいけないわ。私は何も無理を言っているわけではないでしょ。感染者は外に出せないから――」

アリスはキイを操作した。

赤の女王の台詞(せりふ)は途絶えた。

スリットから銀盤が吐き出されてきた。

アリスはそれをあっさりと二つに割った。

「あああ」

悲鳴混じりの声をあげたのはスペンスだ。

「なんてことするんだ。そんなことしたら正しい道が聞き出せないじゃないか」

「レインと引き替えに」

「そうだよ。感染者を外に出すことはできない。そんなこと当然だ」

アリスはスペンスの顔を両手で挟んだ。

「感染者が外に出たらどうなるかを知っているのは彼女も同じだ。だからどうすればいいのかも彼女は知っている。それは彼女の意志ですべきことで、私たちが決定することじゃない。わかった?」

スペンスは頷いた。

「大丈夫。こいつが最後の罠だ」

アリスは〈舐めるもの〉を見下ろした。

「さあ、行こう」

スペンスから手を離し歩き出した。

レインがすぐ横にやってきた。

「ありがとう」

「礼は必要ない」

「かわいげのない女だな」

「おまえに言われたくないよ」

「頼みがあるんだ」

「なに」

「弾丸が切れた。いざとなったら頼むよ」

「わかっている。私が死んでも頼むわ。死んでから、こんなところをうろつきたくないからね」

放課後の少女たちのように歩く二人の後ろを、スペンスは脚を引きずりながらついていった。

3

痛みだ。

激しい痛み。

純粋な痛みが身体の中にみっしりと詰まっている。
耐え切れぬその激痛が、しかし彼を苦しめてきた苛立ちを断ち切っていた。
あれだ。
あれのせいだ。
冬に小便を漏らした老犬のように、それはぶるりと身体を震わせた。
いぃいー、と弱々しい呼吸の音がした。
指が動く。
鋭い爪がこすれて金属質の音をたてる。
そして腕が動いた。
すべきことはわかっていた。
折れた首を手で押さえる。
そしてゆっくりと、異様に折れ、曲がった首をもとへと戻していった。
火花が飛ぶ。
電撃が走る。
痛みが身体を震わせる。
それは不快そのものであった。

しかしその不快さは、今見出したそれによって単なる不快から不可思議な快楽へと変質していた。

見出したそれ。

心から浮き立つようなそれ。

もし名付けるなら、それは「希望」と呼ぶのが最も正しいだろう。

希望が痛みを快楽へと変えている。

首が元の位置に戻った。

しばらく待てば骨はつながるだろう。

弾丸の幾つかはまだ頭の中に残っていた。

ひとつは脳の一部をかき混ぜている。

それらはいずれゆっくりと排出されていく。

やがては皮膚から外へとはじき出されるだろう。

それもまた苦痛である。

波のように痛みは彼を襲う。

そのたびに彼は全身を震わせる。

激痛の痙攣(けいれん)は、しかしすぐに歓喜の痙攣へと変わっていく。

痛みが「希望」へと彼を導いてくれる。

濃厚なニオイがまだ残っていた。

それは彼にとっては官能そのもののニオイだった。

これを追うのだ。

痛みの命ずるままに。

まだまだあれは楽しませてくれるに違いない。

〈舐めるもの〉はゆっくりと身体を起こした。

4

銀の配管が幾つも合わさり重なり離れては幾何学模様をつくるそこは天井裏だ。

ラップトップの表示が正しいのなら地下三階の天井裏。高さは一メートル足らずだ。もちろん立って歩くことはできない。

三人は鼠のようにそこを這(は)っていた。

もともとそこを人が進むようには造られていないのだ。

たちまち膝(ひざ)がこすれて痛くなる。服が擦り切れ膝が抜け、剝(む)き出しの皮膚に血が滲(にじ)む頃には耐えられなくなり、膝をつかぬよう脚を伸ばすと、今度は腰や腿が痛み出す。
足が攣ったと騒ぎ出したスペンスの尻を叩き、アリスは最後尾をついていった。
前を行くレインの衰弱が激しいようだ。
荒い息が聞こえる。
しかし休憩している暇はないのだ。
地下世界が閉ざされてしまうまで後三十分少々。
余裕はない。
「ここだ」
アリスが床をばんと叩いた。
ようやくたどり着いたのだ。これで少なくとも天井裏からは解放される。
スペンスが大仰な溜息をついた。
そこにあるのは梁に支えられていない一枚のパネルだ。一片が二メートル弱の正方形。
周囲をビスで留められてある。
三人でそれを囲み、ビスをナイフの先で弛めていった。
「これぐらいならおまえでもできるみたいだな」
レインはスペンスを見て言った。

しかし彼女は、軽口を叩くほど余裕があるようには見えなかった。

その額からだらだらと汗が流れている。

暑いわけではない。それどころか、ここはひんやりと肌寒いほどだ。

にもかかわらず、頭から水を浴びせられたかのように、顔を流れた汗が顎の先から滴り落ちている。

顔色はますます色を失っていた。

じっと見つめるアリスの視線に気がついたのだろう。

レインは彼女を見て言った。

「まだ大丈夫だ。心配するな、死んだら教えるから」

掠れた声でレインは笑った。

どうやらそれは冗談のようだった。

「はずれた」

スペンスが言った。

ビスがすべてはずれたのだ。

端を摑んで、かなり厚みのあるスチールの天板をはずした。

アリスは頭を逆さに突き出して下を見た。

長い廊下が前にも後ろにも続いていた。

アンデッドの姿は今のところどこにもなかった。

「どうだ」

スペンスが言う。

「誰もいない」

「じゃあ、お先に」

言うやいなや、スペンスは転がるように下へと降りた。狭いところが苦手だったのかもしれない。

続けてアリスが、最後にレインが降りてきた。

「ここで間違いないんだな」

スペンスは疑り深い目でアリスを見た。

猜疑心の強い猿のような顔だと彼女は思った。

「間違いないわ。この廊下をまっすぐ進んで突き当たりのT字路を左に曲がる。その先に上へとつながる昇降機がある。荷物専用の昇降機だけど、人が乗れないというものではない」

最後まで聞かずスペンスが駆けだした。

「気をつけろ！」

後ろからアリスが声を掛けた。いつものように、スペンスがそれを聞いている様子はなかった。

たちまち行き止まりにたどり着き、角を左へと曲がる。

その直後に悲鳴が聞こえた。

間違いなくスペンスの悲鳴だった。

舌打ちひとつして、アリスは走り出した。

転がるようにしてスペンスがアリスへと向かって引き返してくる。

聞き取ることの不可能な言葉で何か喚いていた。

その背後に三体の生ける死者たちがいた。

「アリスー！」

すがるように、いや、実際に跪（ひざまず）いてアリスにすがりつきながらスペンスは訴えた。

「嚙（か）まれた、嚙まれたんだよぉ」

血にまみれた右腕を振り回す。

アリスはその腕を振り払った。

先頭のゾンビは目の前に、その背後に二体のゾンビがいた。

立木の枝を折るよりも容易(たやす)く、アリスは三つの首をへし折ってしまった。

文字通り瞬(まばた)きする間の出来事だった。

壁を支えに歩いてきたレインが言った。

「オレの獲物は」

「遅い」

アリスが即答する。

「手があぁ、手があぁ」

スペンスが怒鳴った。

「手がどうしたんだ」

聞かなければずっと怒鳴り続けていそうなスペンスに、アリスは嫌々尋ねた。

「だから噛まれたんだってば」

「それで」

「それで、じゃないだろう。助けてくれよう」

「助ける？　どうやって」

言ったのはレインだ。

「あのなあ、よく考えろ」

スペンスの服を摑んだ。

その顔を睨み付ける。

「おまえはもうすぐ死ぬんだよ。感染したんだから。今のオレがどんな状態かわかるか？身体のどこもかしこもガタガタだ。今すぐにも死んじまいそうなんだよ。死んだらすぐにあの化け物どもと同じになるだろうな。だからそれまで、生き残る可能性のあるものを助ける。それが使命というものだ。オレがおまえを助けてきたようにな」

「違う！」

スペンスは叫んだ。

「違う。俺は助かるんだよ」

「どういう意味だ」

レインはスペンスの胸元を摑んでねじ上げた。

「思い出したんだ」

「何を」

「全部さ。いや、部分的には思い出せないところもあるけど、大事な部分の記憶が甦ったんだ。俺が助かるための大事な記憶がだ」

賤しい顔でレインに笑いかける。

重みに耐えられなくなったのか、それとも別のものに耐えられなかったのか、レインはスペンスを捨てた。

スペンスはぺたりとその場に座り込んだ。

「何を思い出した」

今度詰め寄ったのはアリスだ。

「どうしてあの車両の中で倒れていたか、を思い出したの」

「逃げたんだ。逃げて、あそこまできたときに神経ガスが噴き出した。俺としてはもう逃げ切ったと思ってたんだが」

「何から逃げていた。いや、なぜ逃げていたの」

アリスが問うとスペンスは怪訝な顔をした。

「君は本当に何も覚えていないのか」

「肝心なところはね」

「君は」

スペンスは糾弾するかのようにアリスを指差した。

「アンブレラ・コーポレーションを潰すつもりだった」

「そうなのか」

アリスはあっさりとそう答えた。

あまり望んだ反応ではなかったのか、スペンスはさらに力を入れて話を続けた。

「そうなんだ。俺はその話をすべて聞いた」

「どうやって」

「いろいろと仕掛けを使ったんだ」

「盗聴に盗撮、そうか」

「そのとおりだ。俺にはそうする義務も権利もある」

スペンスは胸を張った。

「君の裏切り行為を監視するのも俺の仕事のひとつだからな。君にしたって、俺がそんなことをしたら盗聴ぐらいはしたはずだ」

「だろうね。それで」

「それで、最初は、確かに君の背信を通報するつもりだった。だが、君たちの話を聞いているうちに考えが変わった」

スペンスは鼻息荒く話を続ける。

レインは長引きそうだと思ったのか、床に腰を下ろした。

「君に話を持ち込んでいたのはリサという女だ。君の手引きでリサはT・ウイルスを盗み出し、逃げることになっていた。その手筈はすべて君が整えた。たいした女だよ。そしてリサは」

スペンスは露骨に鼻で笑った。

「リサはそれを非合法の商品としてマスコミに公表するつもりだった。本気でそんなことを考えていたらしいな。あまりにも無駄。無駄無駄無駄無駄だよ無駄。そんなことをして何になる。偽善者の自己満足以外の何物でもない。そんな程度のことでは、アンブレラ・コーポレーションは潰れたりしないんだよ。それぐらいのことはここで働いていたらわかりそうなものだが、リサは気づかなかったわけだ。愚かとしか言いようがない。大企業というものは、ましてやアンブレラ社クラスのスーパー大企業ともなれば、そんなたれ込み情報で潰れるような弱いもんじゃないんだよ。情報がマスコミに流れたぐらいなら、弁護士を二ダースほど雇って会社を守りきるさ。まあ、何人かの責任者の首はきられるかもしれないが、それだけだ」

「それでおまえが無駄のない情報の利用方法を考えたのね」

アリスの皮肉も気にすることなくスペンスは言う。

「そうさ。そんな無駄なことをするよりもずっと役に立つことが俺ならできる」

「先回りしてウイルスを手に入れたと」

「アリス、君はたいしたもんだよ。君の調べたとおりだった。盗み出すのは簡単だったよ。で、俺は莫大な金を生み出すウイルスを手に入れたんだ。あの時に失敗しなければ何もかも上手くいったはずだったんだが」

「失敗……何をした」

「ウイルスの入ったカプセルを落とした。しかもそれが割れちまった」

アリスの顔色が変わった。

さっと頰が紅潮する。

そんなことをしらっというスペンスという男に、本気で殺意を感じていた。

「それじゃあ、T・ウイルスがここを汚染したのは」

「俺は大慌てで逃げ出したよ。しかし赤の女王の処置の方がずっと速かった。俺は逃げ損なったんだ」

「おまえか」

アリスはスペンスの胸倉を摑んだ。

おいおい、などと呟きながらスペンスが立ち上がった。

アリスの腕に力がこもる。

ぐいと胸倉をねじりあげた。

スペンスはアリスより長身だが、その彼が爪先(つまさき)立ちになる。

「な、なんだよ。何をするんだよ」

「五百人以上もの人間を殺したのはおまえなんだな」

「不可抗力だ。いやいや、第一それをしたのは赤の女王じゃないか――」

アリスの平手が頰を叩(たた)く。

手加減などない。

たちまちスペンスの頰が赤く腫(は)れてきた。一瞬のうちに虫歯が腫れたかのようだ。

「なんでだよぅ。アリス、君だってそうしたかったんだろう。それが君の夢だったんだろう。わかってるさ。金が手に入っても俺は独り占めにするつもりはない。君にわけるつもりだったさ。だって、もともと君のアイデアだったんだからね」

「君の夢がすべて叶(かな)うとかいうふざけたメモを残したのもおまえか」

「そうだよ。そうそうそうそう」

何度もそうそうと言いながら一人で頷(うなず)く。

「そう、そうなんだよ。最初から君には分け前を与えるつもりで――」

アリスは反対側の頰を叩いた。

これまた容赦がない。

スペンスは耳下腺に炎症を起こしたような顔になった。

「何をするんだ」

両頬を押さえながらスペンスは言う。

「ウイルスはどこに隠した」

アリスが言った。

「電車の中だよ。俺が隠れていたあの——」

「抗ウイルス剤も入っているんだな」

「そう、そうそう。こんなことをしている暇はないんだ。さっさとプラットホームに行こう。なっ、なっ」

媚びる笑みを浮かべて、アリスの手をそっと握った。アリスがその手を引き剝がす。

「急ごう」

言ってレインに肩を貸した。

「なんだよ。なんで俺がこんな目にあわなきゃならないんだよ」

二人の後ろからついてきながら、スペンスは呟いている。

「誰だって俺と同じことをするって。絶対するって。まったく女って奴はヒステリー起こしたら現実的な解決ができなくなるんだよなあ」

涎がだらしなくこぼれ落ちるように、スペンスは呟き続けていた。

「昔」

アリスにもたれながらレインが言った。

「昔まだオレが小さな頃の話だ。オレは、女は女から、男は男から生まれてくるもんだと思ってたんだ」

アリスが笑った。

「いやあ、笑い事じゃない。本気でそう信じてたんだから。で、当時のオレは、それなら男と糞の区別がつかねぇ、って思っていたんだが」

レインは後ろを見た。

「確かに男と糞の区別はつきにくいよな」

二人は悪巧みをする従姉妹同士のようにくすくすと笑った。

廊下をまっすぐ進むと、そこに鋼鉄の扉があった。

重いが、しかし鍵は掛かっていない。

アリスが肩を当てて押せばゆっくりと扉は開いた。

扉の向こうはまた長い廊下だ。

「ここはこんなに長かったっけ」

レインが言った。

「ああ、おかしいね。モニターの中ではすぐそばに昇降機があった。第一、扉なんてなかったしね」

またもや扉で行き止まりだった。

ノブを開き、肩で扉を押す。

その時だった。

背後から声が聞こえた。

声。

いや、それは咆哮だ。

聞き覚えのある吠え声。

憂鬱な獣の叫びが、わんわんと廊下中に響いていた。

「まさか……」

アリスは振り返った。

それは大きく口を開き、大量の涎を垂らしていた。

独立した別の生き物のような長い舌が、床で揺らめいている。

アリスには信じられなかった。

口腔に弾丸を撃ち込まれ、首の骨を折られ、それでも生きている生き物などどこにもいない。

いないはずだ。

そしてそこにはいないはずの生き物が、笑うかのように唇をめくりあげてアリスたちの方へと近づいてくる。

「早く！」

アリスが叫んだ。

言われるまでもなくスペンスが、そしてレインとともにアリスが扉の向こうへと入っていった。

すかさず扉を閉め、ノブをひねる。

唸り声が近づいていた。

「来る」

スペンスが言わずもがなの台詞を呟いた。

「来るぞ！」

言って頭を抱え、その場に座り込んだ。

「また行き止まりだ」
アリスは舌打ちした。
廊下の向こうにはまた扉があった。
駆け寄り扉を押す。
開かなかった。
レインをその場に座らせてから、ノブを持ってがちゃがちゃと動かしてみる。
開かない。
「ほら、それ」
壁にもたれ腰を下ろしたレインが、扉の横を指差した。
入力用のボタンがあった。
0から9までの数字が記されているボタンの上に小さな液晶画面がある。
「多分、緊急避難用の扉なんだろうな、ここは。開くにはパスワードが必要だ」
レインが大きな溜息(ためいき)をついた。
ぎいいい、と金属を掻(か)く音がした。
逃げてきた方の扉だ。
〈舐めるもの(リッカー)〉が鋭い爪で扉を掻いているのだ。

小さな悲鳴とともにスペンスが立ち上がった。
入力ボタンのところまで這うようにしてやってくる。
「俺が、俺がする」
スペンスはそう言うと、四桁の数字をさっさと押した。
神経に障るブザーとともに、人工的な声が「入力が間違っています」と告げた。
「ダメだ」
スペンスは後ろを振り向いてぎこちなく笑った。
腹に応えるような音が鳴り響く。
金属の扉に大きなものがぶつかった音だ。
〈舐めるもの〉が扉を開こうとしている。
並みの力ではない。
ごづっ、と鈍い音がする。
そのたびに扉が歪んでいく。
わずかではあるが、少しずつ隙間が開いていく。
怪物は分厚い金属の扉を押し破ろうとしていた。
スペンスは意味なく悩んだ後に、またボタンを押した。

再びのブザーがからかうように鳴った。

そして入力が間違っていますと付け加える。

アリスは壁に火災用の斧があるのに気がついた。

ガラス扉を破り、中から斧を取り出す。

片手で持ってびゅんと振った。

それから両手で斧を構え、後ろを向いた。

扉が開かない以上、あの怪物と戦うしかないのだ。

ぎい、と厭な音がしてまた扉が軋んだ。

わずかに隙間ができていた。

そこから平らな蛇のようなものが頭をのぞかせた。太い回虫のようにも見えるそれは舌だ。

触手じみた舌は周囲をまさぐり、何も発見できずに扉の向こうへと消えた。

来い。

アリスは小さく呟いた。

来るんだ、化け物。

心臓が大きく脈打っている。

そのたびに送られる血流で頭痛がするほどだった。

彼女にはわかっている。

それが怯(おび)えではないことを。

彼女は待っている。

扉の向こうにいる「死」そのものを。

おぞましいカタチを持つ死との出会いを。

ちらりと座り込んだままのレインを見た。

立ち上がる気力はもうないようだ。

そのレインが青黒く変色した唇を開いて笑いかけてきた。

頑張れよ。

そう無言で語るレインは、まるでプロムナイトにボーイフレンドと出掛ける友人を見送ってでもいるようだ。

そう考えるのなら、扉に身体をぶつけ、爪を突き立て、必死になって扉を壊そうとしている怪物の呻(うめ)き声までが、迎えにきたボーイフレンドの車のホーンにも聞こえる。

アリスは呼吸を整え、また呟く。

来い、と。

その奇妙な緊張感とはまったく関係なく、スペンスは何度もボタンを押していた。押し続けていた。

そのたびにブザーが鳴り、親切に入力が間違っていることを教えてくれる。

「まただ。また失敗だ」

ああ、と呻き、スペンスは髪を掻きむしった。

扉が今まで以上に大きく軋んだ。

そして次の瞬間、爆発するように鋼鉄の扉が吹き飛んだ。

のそり、と〈舐めるもの〉が全身を現した。

触手のような舌が床を打つ。

鎌状の鉤爪(かぎづめ)で壁を戯れに掻く。

がりがりとコンクリートが削れた。

そしてずらりと並んだ牙(きば)を剝(む)き出しにして、それは吠(ほ)えた。

「来いよ」

呟きアリスはゆっくりと間合いを縮めていった。

両手でしっかりと斧を握りしめている。

〈舐めるもの〉はだらりと垂らした舌を、左右にゆっくりと揺すっていた。

互いに攻撃の間合いを計っていた。

圧倒的に有利であろう〈舐めるもの〉が、自分から近づいてこようとはしない。

アリスを恐れているからではないだろう。

それは愉しんでいるのだ。

この状況を。

生死を懸けているであろう相手の、戦いへの気概を舐め取っているかのように、舌先がちろちろと揺れた。

きりきりと弓を引き絞っていくのに似ている。

緊張は爆発的に高まっていった。

そして――。

頭を抱え座り込んでいたスペンスの頭上で、機械の声がした。

「ご注意下さい。ドアが開きます」

冗談かと、一瞬スペンスは思った。

が、嘘ではなかった。

扉は溜息のような圧搾空気の音とともに、大きく開いた。

スペンスはそこにいる人間をぼんやりと眺めていた。

「チョロいコンピューターだったよ」
そう言って笑ったのはカプランだ。
隊長が使っていた解析器を手にしていた。
彼が外から扉を開いたのだ。
突然〈舐めるもの〉が動いた。
カプランを突き飛ばす勢いで、スペンスが扉から逃げ出す。
入れ替わりにカプランは中に入り、レインに肩を貸した。
怪物が跳んだ。
まっすぐアリスめがけて。
驚くべきことにアリスも跳んだ。
〈舐めるもの〉より遥(はる)かに高く。
空中で怪物は首をひねった。
その頭めがけて、アリスは斧(おの)を振り下ろした。
身体を捻(ひね)りそれをよけると、〈舐めるもの〉は背中から床に落ちた。
そして鎌のような爪で斧を受け止めた。
仰向けになった腹の上に着地したアリスは、それをジャンプボードにして、カプランの待つ方へと跳んだ。

タイミングを合わせて、ゆっくりと扉は閉じられようとしていた。

その隙間に頭から飛び込む。

その靴底を怪物の爪が裂いた。

そこまでだった。

足先が扉をくぐった。

と同時に扉が閉まる。

鈍い音がした。

怪物が扉に激突したのだ。

「危ないところだったな」

カプランが言った。

「ああ、危なかった」

閉じた扉を背に、アリスは言った。

きりきりきり。口惜しげに怪物の爪が扉を掻いていた。それがすむと、ずんっと扉が揺れた。〈舐めるもの〉が身体を扉へぶつけてきたのだ。

この扉もそれほど保ちはしないだろう。

「あの糞はどこに行った」

とレインが言った。

スペンスの姿が消えていた。

「しまった」

アリスは舌打ちした。

「どうした」

レインを背負いカプランが尋ねる。

「スペンスを捜さなきゃ」

アリスは走りながら、それまでのいきさつを説明した。

5

アリスは走っている。

走り続けている。

レインと、彼女を抱いたカプランは後からやってくるはずだ。

洞窟の中はひんやりと冷たかったが、アリスは汗だくだ。

おそらくこの辺りも〈蜂の巣〉の周縁なのだろう。岩盤がそのまま剝き出しになっていた。

道は一直線だ。

スペンスの姿を追って彼女はひたすら走り続けている。

スペンスが、一人でここから脱出しようとしているのは間違いない。

あの男のことだ。私たちをここに閉じこめようと考えているに違いない。私たちがここから脱出して、彼がここでなにをしたのかを報告されたら困るからだ。

だから急がなければならない。

アリスはそう思っている。

奴に何かをする暇を与えないように。

洞窟は広い。

側面にはパイプが組まれている。そして床にはアルミの板が敷き詰められていた。おそらく搬送車のようなものが通るためなのだろう。しかしカートはどこにも隠されていなかった。

だからアリスは走り続けねばならなかった。

彼女は正確なストロークで機械のように走り続けた。

疲れはない。

あの館の浴室で目覚めたときから疲れなど一度も感じていない。自分のタフさに自分でも驚くほどだ。

そしてようやくそれにたどり着いた。

昇降機だ。

それは荷物を搬送するためだけに作られたシンプルな構造だった。

鉄パイプを組んで作った柱に四方を囲まれ、金属製のカーゴがロープで吊り下げられている。

そのカーゴの中に男がいた。

スペンスだ。

アリスにはまだ気づいていないようだ。手に持った昇降機のコントローラーを必死になって動かしていた。

エンジン音が聞こえてきた。

昇降機を吊ったロープがピンと張る。カーゴが、がくりと揺れて地面から離れた。そのままゆらゆらと上がっていく。

アリスはさらに速度を上げた。

スペンスがそれに気がついた。

これほどに早く追いついてくるとは思っていなかったのだろう。

慌てているのが如実だった。

スペンスは無骨なコントローラーの大きな上昇ボタンを、人差し指で激しく連打していた。

もちろんそんなことをしても速く上昇するわけではない。

アリスはとうとう昇降機の真下にやってきた。

見上げれば三メートルほど上にカーゴはある。

アリスはパイプに飛びつき、頼りない足場を危なげなく昇っていく。

腰のベルトに斧が差してあった。その長い柄がパイプに当たってかんかんと音をたてる。

その音を青ざめた顔でスペンスは聞いていた。

瞬く間にアリスは追いついてくる。

スペンスは武器になるものはないかと周囲を見回した。しかし手にすべき何もない。

床に這い蹲り得物を探していたその目の前に、アリスのブーツがあった。

スペンスは顔を上げると涙ぐんだ声で言った。

「待て、俺は逃げてたわけじゃないん――」

アリスは最後まで言わせなかった。

開いた掌、いわゆる掌底でスペンスの顔の中央を打った。

ぎゃあ、と情けない悲鳴をあげてスペンスは顔を押さえた。

折れた鼻から壊れた水道のように血が流れ出ていた。

「糞だよ、おまえは」

言い捨て、アリスはコントローラーを手にした。

ボタンを押すといったんカーゴは停止し、それから下降をはじめた。

遠くにカプランとレインの姿が見えてきた。

カプランが必死になって走っている。

その背中で揺れるレインは、眠っている赤ん坊のようだ。カプランが走るのにあわせて頭が上下に揺れる。

声を掛けようとしてやめた。

彼がどうしてあれほどにまで必死になって走っているのかがわかったからだ。

咆哮が聞こえた。

喜びの咆哮。

歓喜のあまり漏れるその叫び声。

また〈舐めるもの〉が追ってきているのだ。

腰のベルトから斧を引き抜いた。

それから背後で呻いている男を見た。

この男をここに残しておけば、また勝手にカーゴを上げてしまうだろう。とにかくカプランがここにたどり着くまでは外に出ていてもらわねば困る。

「降りるんだ」

ぐらりと揺れてカーゴが停まった。

下に到着したのだ。

「さあ、いくぞ」

柵を開いてスペンスを降ろそうとした。

素直には降りないその背中を斧で小突く。

カプランはすぐそこにいた。背中のレインは固く目を閉じていた。

「早く」

アリスが言う。

二人が乗り込んだ。

「お、俺も」

そう言うスペンスを無視して、アリスは斧を手に走った。
すぐそこに〈舐めるもの〉がいた。
走りながら、床と水平に斧で怪物の脚を薙ぎ払った。
その巨体が宙に跳んだ。
その下を斧が払う。
「カーゴを上げろ！」
アリスが言った。
「早く！」
カプランがその意図を察したのか、コントローラーの上昇ボタンを押す。
カーゴは再びゆっくりと上昇をはじめた。
あわあわ、と言葉にならぬ叫び声をあげてスペンスはカーゴに掴まった。
カプランの腕を借りてようやく中に入りこむ。
その間にも、アリスはバナナの房のような怪物の鉤爪をかわし続けていた。
かわしながら、カーゴからつかず離れず移動を繰り返す。
アリスは〈舐めるもの〉を焦らしていた。
近づき、打ち、離れる。

怪物の堅い皮膚には、よほどの力を込めなければ斧を打ち込むことはできないだろう。

が、アリスはそれを知りながら、あえてそれほどは力のこもらぬ斧を打ちつけていた。

致命傷になるはずもないが、それでも回を重ねれば皮膚は裂け、ぬるりとした粘液が垂れてくる。

その苦痛に、〈舐めるもの〉は興奮した。

舌を振り回し、唾液(だえき)を吹き飛ばし、その鉤爪でアリスを捕らえようとした。

が、アリスはその爪の先をかすらせもしない。

間一髪で爪をさけ舌をよけ、からかうように斧の一撃をくわえる。

彼女は見事なほど怪物を誘いこみ興奮させ続けていた。

〈舐めるもの〉が我を忘れて飛び込んでくる。

と、大きく跳び退(ずさ)り、距離をかせぐ。

昇降機はどんどん上昇していく。

その高さが二メートルを超えようとしていた。

〈舐めるもの〉が舌をびゅうと振り回した。

それを越えて、アリスは大きくジャンプした。

目の前にカーゴがある。

そこに摑まった。
柵は開かれてある。
すかさずカプランが手首を摑んだ。
そのままアリスの身体を引き上げる。
長い舌が再び風を切って彼女へと飛んだ。
舌先が鞭（むち）のようにアリスの足首へと巻きついた。
アリスは既にカーゴに乗っていた。
慌てて柵を閉める。
舌はアリスの足首を捕らえたままだ。
舌がピンと伸びた。
〈舐めるもの〉が顔面から上へと引き上げられていく。
アリスは苦痛に顔を歪（ゆが）めた。
足首に絡みついた舌が、ぎりぎりとブーツを締めつけた。
ヤスリのような舌に、黒い革が裂けていく。
アリスは足首だけであの怪物の巨体を支えているのだった。
骨がいつ折れてもおかしくない。

苦痛に顔を歪めながらも、しかしアリスは耐えた。

柵に摑まり、カーゴから下を覗く。

怪物の身体はじりじりと引き上げられつつあった。

その足がとうとう床を離れた。

足首の痛みはさらに増した。

耐えきれなくなるその直前。

彼女は腰の革ケースからバヨネット・ナイフを取り出した。

振りかぶり、その切っ先を舌に叩きつける。

舌を貫き、ナイフは矢のように床に突き立っていた。

それだけで相手を殺せるのではないかという、恨みがましい悲鳴があがった。

舌先が苦痛に蠢き、アリスの足首から離れる。

舌はナイフで床につなぎ止められたまま、怪物はカーゴにぶら下がって、手足を亀のように振り回していた。

まるで出来の悪いてるてる坊主のようだ。

昇降機はゆっくりと上昇していく。

地上は遥か下だ。

〈舐めるもの〉が鳴いていた。

どこか悲しげなそれは、悲鳴にも聞こえた。

「苦しんでやがる」

レインが弱々しく、しかしいかにも愉(たの)しそうに笑った。

がくりと揺れて昇降機が停まった。

到着したのだ。

〈舐めるもの〉は身体を左右に揺すっていた。

その反動を利用して、横のパイプを摑もうとしているのだ。

そしてとうとう、何度かのチャレンジの結果、鉤爪がパイプに引っ掛かった。

鉄パイプにしがみつき、鉤爪を絡ませ、カーゴへと這(は)い寄ろうとしている。

おそらく、そのことだけに彼は集中していたのだろう。

カーゴから鉄パイプへと移り、彼を待ち受けている者がいた。しかし〈舐めるもの〉はそれにまったく気がついていなかった。

びゅう、と風を切る音に顔を上げた。

そこにアリスが居た。

振り上げられた斧(おの)が、今まさに振り下ろされようとしていた。

その先に彼の頭があった。
全体重を掛けた斧の刃先が、彼の頭に叩きつけられた。
重い刃が皮膚を断ち切り頭蓋骨を割った。
脳漿がぱっと散った。
その巨体を支えていた腕がぐにゃりと垂れる。
彼の身体を支えるものがなくなった。
再び〈舐めるもの〉は舌だけで吊るされた。
「早く、もう時間がない」
スペンスが言った。
〈舐めるもの〉は振り子のように左右に揺れていた。
アリスはカーゴへと戻った。
そして舌に打ち込んでいたナイフを引き抜いた。
〈舐めるもの〉の姿がまっすぐ落ちていく。
大きな砂袋を叩きつけたような音がするのを、アリスは背中で聞いた。

6

侵入のために焼き切った扉がある。

最初に〈蜂の巣〉へと突入した時に開いたあの扉だ。

そこを越えると天然の洞窟(どうくつ)を利用して造った広大なドームに出た。

洞窟の中は壁に沿って鉄パイプが組まれている。そして大きな照明が皓々(こうこう)と内部を照らしていた。

ここに来たときとまったく変わらぬ景色だ。

高い天井のその上で、光の届かぬ闇が湛(たた)えられているのも同じだ。

違うのは、あっさりと仕事を片づけて帰るはずだった勇ましいS.T.A.R.S.の兵士たちが、今は二人しか残っていないことだ。

アリスたちは階段を駆け下り、広場を抜けてプラットホームへと向かった。

三メートルあまりの高みから下を照らす照明は眩(まぶ)しいほどだ。

しかしその光が明るいほど、その上に広がる闇が濃くなる。

アリスは走りながらその闇を見た。

闇はその中に何かを秘めているように見える。

秘められた何か。

闇の中の怪物。

そうだ。

あの怪物はきっと死んでいない。

あんなことで死ぬはずがないのだ。

だから来る。

やがて私たちを追ってここに来る。

だがそれもここまでだ。

アリスは不敵に笑む。

これ以上先に奴を連れて行くわけにはいかない。

プラットホームにたどり着いた。

ようやくここまで戻ってきたのだ。

車両は来たときのままにそこに停車していた。

これを降りてからまだ数時間しか経っていないというのが、アリスには嘘のように思えた。

扉は手動で開いた。

カプランはレインを床におろし、コントロールパネルの前に立った。

レインは再び、すっかり眠っているようだった。

アリスは鼻の下に手をかざし、まだ彼女が息をしていることを確かめた。

「さあ、スペンス。どこに隠したの」

こっちだよ、とふてくされて彼はもう一つの車両につながる扉を指差した。

アリスが扉に手を掛け、開きかけたときだった。

「駄目だ」

そう言ったのはカプランだ。

「電源が入らない」

確かに電灯すら点いていなかった。

「ちょっと壁際に寄ってもらえないか」

カプランに言われ、アリスもスペンスも壁にへばりつく。

コントロールパネルの中でも一際大きなボタンをカプランは押した。

すると、がたりと床の中央が左右に開いた。

そこから下の線路が見えている。

「ちょっと見てくる」

カプランはその下へと潜っていった。

その仕事が終わるのをただ待っている必要はない。

アリスはスペンスの腕を引いた。

「さあ、行くわよ」

扉を開き、次の車両へと移る。

「こっちだよ」

スペンスが壁とシートの隙間に手を差し入れた。

そこからジュラルミンのキャリーケースを引き出してくる。航空機なら座席への持ち込みを断られる程度には大きなケースだ。

それを床に置く。

蓋（ふた）には小さなタッチパネルがあり、電卓のようなボタンがそこにあった。

そのボタンをスペンスは暗証番号を思い出しながら押す。

電動の鍵（かぎ）が開いて、蓋がゆっくりと持ち上がった。

中には白い緩衝材に包まれたガラスの試験管が幾本も並べられていた。

「このブルーの試験管がウイルスだよ」

スペンスは愉しそうに解説をはじめた。

「そしてこのグリーンの試験管が抗ウイルスだ。なあ、アリス」

スペンスはアリスの顔を見て、精一杯の笑顔を浮かべた。今までのことが何もないなら、爽やかとも思える笑顔だった。

「今からでも遅くはないと思うんだ」

アリスへと顔を近づけた。

「俺と一緒に来ないか」

アリスが醒めた目でスペンスを見つめていることなど気にもしていない。

「アリス、これがいくらになると思う」

スペンスはジュラルミンケースの中を手品師のような気取った仕草で示した。

「俺はこれの売り先も決めているんだ。で、聞いたよ。どれぐらいの価格で引き取るのかってな。なあ、これだけで一生遊んで暮らせるんだぜ。どうだよ。俺と来ないか」

「ゲス野郎」

スペンスを睨むその目に、本物の殺気を感じた。

アリスは拳を固めている。

スペンスは慌てて手を左右に振った。

「冗談、冗談だよ」

必死になって愛想笑いを浮かべる。

「下らない冗談を言うより、抗ウイルスの準備をして。時間がないんだ」

「はいはい、わかってますよ」

ケースの中から金属製の注射器を取り出してきた。

緩衝材から緑の液体が入ったガラス管を取り出す。その蓋を開き、注射針を差し込むと、シリンダーを引いた。

「量は」

アリスが聞いた。

スペンスは首を横に振った。

「そんなことはわからんよ。適当にするしかないな。まあ、一本分使えばいいんじゃないのかな」

気楽にそんなことを言い、彼は注射器をアリスに渡した。

「袖(そで)をめくれ」

アリスに言われ、スペンスは、はあ？　と間抜けな返事をした。

「おまえからだよ」

「えっ？　いやあ、レインの方が急いでるんじゃないかな」

「おまえを信用できない」

「なるほどねえ。ウイルスの方を渡してるとか思ってるわけ。んなことしないよ。それにどう考えても彼女は感染してるんだから、今からウイルスを注射させても意味ないだろうさ。だから俺を信用しろってば」

「袖をめくって」

アリスはゆっくりと繰り返した。

渋々スペンスは袖をめくる。その上腕部をゴムのチューブで縛った。

血管が浮き出るように、平手で肘の裏をぴしゃぴしゃと叩く。

「静脈注射だよ。やったことがあるかい」

応えず、アリスはいきなり腕に注射針を突き立てた。

ミニサイズの海草のように、シリンダーの中で赤くゆらりと血が上る。

それを見届けてから、アリスはピストンをゆっくりと押していった。

毒々しい緑色の液体が、スペンスの血管内へと消えていく。

すべてを射ち終わり、針を抜いた。

「どう？」

針を交換しながらアリスが尋ねた。

「モルモットは元気だよ。今のところはな」

ふてくされてスペンスは答えた。

しばらくその様子を眺めてから、アリスは新しいガラス管を出し、注射器に薬液を詰めた。

レインのところへ行く。

「やあ、お嬢ちゃん」

アリスはレインの肩を叩いた。

レインはうっすらと眼を開いた。潤んだ眼が真っ赤に充血している。そして顔は粉をはたいたように白く乾いている。

「おはよう。今日はいい天気かい」

掠(かす)れた声は、意外なほどしっかりしていた。

「地上に出たら教えるわ。さあ、注射の時間だ」

アリスは緑の薬液を満たした注射器をレインに見せた。彼女は必死になってそれが何なのか、焦点をあわそうと努力した。

「注射は嫌いだ」

ようやくレインはそう言い顔をしかめた。

どうやら冗談ではなさそうだった。

彼女の袖をめくり上げ、ゴム・チューブで腕を縛る。少しこすれると、皮膚がはがれ赤く血が滲む。それを横目で目たレインが呟いた。

「恨みでもあるのか」

「少しだけね。さあ、ちょっとちくりとしますよう」

そう言って、アリスは針をレインの腕に刺した。

薬液を流し込んでいく。

「なあ、アリス」

「なに？」

「痛くなかったよ」

「注射が？」

レインは頷いた。

「大人になったんじゃないの」

「……違うと思う」

「じゃあ、何」

「もしかしたらオレ……もう、死んでるんじゃないか」

「バカ」

アリスは笑った。

その指をレインが摑んだ。

レインの指先は凍えるように冷たかった。

「ほら、触ってくれよ」

レインはアリスの指先を喉へと導いた。

耳の下当たりを触らせる。

「脈があるかい」

アリスは脈を探った。

指先はなんの脈動も伝えてこない。

「大丈夫、まだ脈があるよ」

アリスは嘘をついた。

「もう少ししたら薬が効いてくるはずよ。だからじっと待っているといいわ」

そのとき、唸るような音とともに電車に灯りが点った。

水から上がった犬のように、ぶるぶると車両が震える。

「動くようになった」

そう言いながら、カプランが下から這い上がってきた。

コントロールパネルの前に行く。

ボタンを押し、床の扉を閉じた。

車両がゆっくりと動き出した。

車両の下で、高圧線に触れた部分が火花を噴き上げる。

油で何かを炒めているようなその音が五月蝿いほどだ。

「上手くいったよな」

スペンスが笑う。

「ここまで来ればもう大丈夫だろう」

そう言って、背後から拳銃を出してきた。

おそらくキャリーの中に隠してあったのだろう。

「動くなよ」

銃口はまっすぐアリスの方を向いていた。

車両は囂々と音をたててスピードを上げていく。

「こんなところでお別れするのはつらいんだけどね」

スペンスは芝居がかった「悲しい顔」をつくってそう言った。

「やめるんだ」

そう言いながらスペンスに近づいてきたのはカプランだった。

「カプラン、やめた方がいい」

アリスは冷静な口調でたしなめた。

「そいつはまともじゃない」

「そう、やめた方がいい」

銃口をカプランに向ける。

そして警告なく引き金を引いた。

銃声と同時に、カプランの後頭部が弾(はじ)け飛んだ。

驚愕(きょうがく)の表情を浮かべたまま、彼は棒のようにまっすぐ後ろへと倒れた。

「何を！」

駆け寄ろうとするアリスへと素早く銃口が向く。

「来るな！」

スペンスが叫んだ。

アリスが脚を止める。

「君はとても危険な女だ。それが魅力的なんだよねえ。なあ、もう一度チャンスをやってもいいぞ。幸運の大盤振る舞いだ。あれを金に換えて俺と逃げようよ。逃走路も何もかも確保済みなんだぞ」

「逃げおおせると思っているの」

アリスはまっすぐスペンスへと近づいた。

「もちろん思っているさ。この世は頭の良いものが生き残れるようになっているんだからね」

スペンスは笑った。

「さあ、どうする、アリス」

「見損なわないで」

また一歩近づいた。

「糞野郎(くそ)と一緒に逃げまどう趣味はないわ」

後一歩で間合いに入る。

その一歩を踏み出そうとした。

そのことにはスペンスも気づいていたようだ。

「そこまでだ」

顔から笑みが消えていた。

「そこから動くんじゃない。君が虎よりも危険だってことは俺が一番良く知ってるさ。君の考えはわかった。それで充分だ。それじゃあ、さよな——」

神経に障る金属音がした。

身をよじるほどに生理的に不快な音だ。

スペンスもアリスも天井を見上げた。

音がそこから聞こえているからだ。

不快な音と同時に、金属の天板を裂いて鎌のような爪が現れた。

「まさか……」

スペンスは呟いた。

そうだよ。

そのまさかさ。

そう呟いたのはアリスだ。

来い。

ここに来るんだ。

天板はナイフで布を掻(か)ききるように幾本もの傷ができていく。

そして、それらがつながり穴が空いた。

そこに強大な鉤爪（かぎづめ）が差し込まれる。

みしみしと音をたて、穴は左右に大きく開かれた。

その大穴から顔が突き出た。

釘（くぎ）を打ち付けたような牙（きば）を剝（む）き出しにしたその顔は、人のものではない。

穴でしかない耳まで裂けた口を、それは大きく開いた。

そして〈舐めるもの〉は、歓喜の声をあげた。

スペンスはただ阿呆（あほう）のようにそれを見つめていた。

既にその死を受け入れているかのようだった。

舌が飛び出してきた。

魚を捕らえる烏賊（いか）の触手そっくりの動きで、それはスペンスの首に絡みついた。

ひいっ、と息を呑（の）んだままスペンスは呼吸ができなくなっていた。

棘（とげ）だらけの舌は首の皮を裂き、肉へと食い込んだ。

そして、ぐいぐいとスペンスの身体を持ち上げていく。

腕を伸ばし舌を摑（つか）みながら、スペンスは爪先（つまさき）立ちになった。

泳ぐように爪先が床を掻き、足が完全に床から離れた。

顔が真っ赤に腫れ上がっている。
まるで風船のようだ。
その手から拳銃が落ちた。
すかさずそれを拾い、アリスは〈舐めるもの〉の頭を狙った。
至近距離からだ。
外すはずもない。
続けざまに三発。
怪物の額に弾丸はめり込んだ。
にもかかわらず、その舌は獲物を離そうとはしなかった。
脚がばたばたと宙をもがく。
股間が大きく膨れあがっている。
そこにみるみる黒く染みが広がり、ズボンの裾から勢いよく尿が迸った。
アリスはさらに四発の弾丸を頭に撃ち込んだ。
しかし〈舐めるもの〉にまったく怯む様子はなかった。
二度三度痙攣し、スペンスの脚の動きは止まった。
さらに舌に力がこもった。

みりみりと音がする。

舌はどんどん首に食い込んでいった。

大量の血潮が霧状になって噴き出す。

そしてとうとう、首がねじ切れた。

頭と胴体がバラバラに床に落ちる。

ひぃぃ、と〈舐めるもの〉が息を吐いた。

そして天井に空けた穴から、身をくねらせて車両に入ってきた。

ぽとり、と床に落ちる。

反転して四つ足で立った。

アリスは銃を構えて後退(あとずさ)った。

手にした拳銃(けんじゅう)の九ミリ弾では破壊力に劣る。四十五口径の半分だと言われているこれの破壊力で、怪物の頭部を破壊することは難しい。

しかし開いた口の中に撃ち込めばなんとかなるかもしれない。

アリスはそのわずかな期待に、頭部へと狙いを定めていた。弾倉にいっぱい弾丸が入っていたなら後七発残されているはずだ。

〈舐めるもの〉はからかうようにゆっくりとアリスに近づいてきた。

それにあわせてアリスは後退る。

そして、背後から酔ったような口調の声が聞こえた。

「オレにもやらせてくれよ」

アリスは振り返った。

レインだった。

顔色は蒼白だが、しっかりと仁王立ちだ。

体中に力がこもっているのがアリスにもわかった。

その横に並び〈舐めるもの〉を睨む。

「レイン、あの薬が効いたんだね」

銃口を怪物の顔へと向けたまま言った。

「さあ、どうなんだろうな。どうも、生きてるのか死んでるのかわからないんだよ。それに」

レインはアリスの顔を見て、ぐにゃりと笑った。

「あんたの肉が食いたくてたまらないんだよ」

口を開いて、アリスに息を吹きかけた。

激しい腐臭がした。

「レイン……」

アリスは少しだけレインから離れた。

かか、とレインはいつもの声で笑った。

「まだ大丈夫さ。オレはレインだよ。多分な。そういえば、しばらくは意識が残っているとか言ってたよな。その間にすることをさせてくれよ」

ナイフを鞘から抜いた。

抜くと同時に一歩踏み込む。

〈舐めるもの〉が腕を振り上げた。

その鋭い爪で一瞬に決着をつけるつもりのようだ。

その腕を掌底で突き、はね上げる。

同時に身を落とし、勢いの乗った回し蹴り(げ)が怪物の脚を刎(は)ねた。

巨体が面白いように倒れた。

その時にはレインの身体が宙に跳んでいた。

足刀に全体重を掛けた蹴りが、怪物の喉(のど)を狙った。

が、それは十字に組んだ両腕に弾(はじ)かれた。

しかも、〈舐めるもの〉は飛び退くレインの足を咄嗟(とっさ)に摑んでいた。

〈舐めるもの〉が立ち上がった。

レインの足を持って、釣り上げた魚のように逆さに吊るす。

興奮した〈舐めるもの〉が大口を開いて吠えた。

それをアリスが見逃すはずはない。

一歩踏み込み、開いた口腔に銃口を突っ込んだ。

間髪入れず引き金を引く。

一瞬にして全弾を撃ち込んでいた。

〈舐めるもの〉の頭が仰け反った。

レインの足から手が離れる。

猫のように反転して床に伏せた。

レインから離れた手が、アリスを襲う。

避けきれず、彼女は背後に吹き飛ばされた。

恐ろしい膂力だ。

車にはねとばされたようなものだった。

壁に激突し、床に倒れた。

目の前には額を撃ち抜かれたカプランの死体があった。

伏せたレインは、その位置から〈舐めるもの〉の股間へとナイフを叩きつけた。

鋭い片刃が皮膚を裂く。

〈舐めるもの〉が身をよじって吠えた。

そのまま腹まで切り裂くべく柄に力を込めたが、その身体を左右から怪物の手が捕らえた。

脇腹に鎌状の爪が食い込む。

幼児をタカイタカイするかのようにレインを持ち上げた。

投げ捨てるべく、頭上に掲げる。

が、レインはその脚で〈舐めるもの〉の首を挟んだ。

ぎりぎりと締め上げる。

〈舐めるもの〉はレインの脇腹に食い込んだ爪にさらに力を込める。

脇腹が裂けた。

だらだらと流れる血に、千切れた肉片が混ざり、そして破れた腹膜から腸が垂れ下がってきた。

アリスはようやく立ち上がった。

彼らが戦っている場所がどこかに気づいた。

二人の足元には左右に開く扉があるのだ。

アリスはカプランが押していた大きなボタンに手をかけた。

「レイン、そこを離れて!」

アリスが叫ぶと、レインは顔を上げて彼女を見た。

その表情は喜悦。

戦う喜びに満ちていた。

あああ、と奇声をあげて彼女は怪物の頭を摑み、嚙みついた。

皮膚が裂け剝がれる。

レインは旨そうにその肉片を咀嚼していた。

彼女が既にアンデッドの仲間入りをしているのは間違いなさそうだ。

「さよなら」

囁き、アリスはボタンを押した。

床が左右に開いた。

カプランが、そしてスペンスの頭と胴体が、床下に落ちて後ろへと転がっていった。

そしてレインに頭を押さえられたままの〈舐めるもの〉は、咄嗟にその長い舌を伸ばして、壁の手すりへと巻き付けた。

その身体が線路に引きずられる。

鉤爪(かぎづめ)を引っかけて車両に這(は)い上がろうとするのだが、抱きつくレインが邪魔で思うように動けない。

そして高圧線に〈舐めるもの〉が触れた。

激しく火花が弾けた。

じゅうじゅうと音がして、黒煙が舞い上がった。

レインの頭髪が逆立ち炎上する。

怪物は爪の先端から激しく放電している。

床を摑もうとしていた爪が離れた。

怪物の身体がきりきりと舞う。

それでもレインはそれの頭から離れようとはしなかった。

突然だった。

まるで爆発したかのように怪物の身体が激しく燃え上がった。

炎が、差し出す巨人の掌(てのひら)のように車内に噴き上がる。

アリスはボタンを再び押して床板を閉じた。

炎は消えた。

手すりに巻きついてた舌が千切れ落ちている。
日にさらされたミミズのようにそれが暴れていた。
何もかも終わったのだ。
アリスは車窓から遠ざかる炎を見ながらそう確信していた。

第四章　目覚め

それから、キティ、あの夢を見たのはだれなのか考えてみましょう。

I

最初に感じたのは大気。
風のにおい。
ひんやりとしたそれには、木々の香りが、土の香りが——。
森のにおい。
そうだここは地上だ。
意味もわからずそのことが嬉しくてたまらない。
ここは地上だ。
ようやくここに戻ってきた。
「ただいま」
口に出して言ってみる。
それでようやくアリスは思い出した。

助かったのだ。

それにしても、どうやってここまで来たのだろうか。

ここは鏡の館の中だ。

あの日目覚めたバスタブの中。

今も同じように浴室で目覚めた。

もしかしたらまったく時間が経過していないのではないかと思い、アリスは立ち上がった。

すべては夢なのか。

そうではない。

そのことはアリスが一番わかっていた。

汗と泥でへばりついているワンピース。

ブーツは裂け、泥と血がこびりついている。

そしてなにより、体中が痛んだ。

見れば腕にも脚にも赤く黒く痣(あざ)が残っていた。擦り傷は無数にある。

夢などではない。

すべてが現実なのだ。

鏡に映る己れの顔を見た。
これが自分の顔だ。
それはわかっている。
しかし、未だに記憶は回復していない。
だがそれでも、私は私だ。
大理石の壁を伝うようにしてアリスは浴室を出た。
ベッドルームにまで来た。
大きく柔らかなベッドに横たわりたい。
深く深く眠りに堕ちて、そのままゆっくりと眠りたい。
抗しがたいようなその誘惑を、しかしアリスは断ち切った。
まだ終わっていない。
どこかで彼女にそう囁きかける声がするのだ。
ここはまだ安全ではないと。
広い窓に重いカーテンがさがっている。
その外には趣味の良い庭園があるはずだ。
アリスはカーテンに手を掛けた。

一気に開く。
確かに庭園はあった。
しかしその庭園は白いテントで覆われていた。
いきなり窓の外にそれは現れた。
人だ。
頭から足の先までを覆う白いスーツを着ている。
ゴーグルとマスクが顔を覆う。そこから背中のボンベにチューブでつながっていた。
アリスはそれが何かを知っている。
BC兵器が使用されたときの防護服だ。
それは窓をノックした。
開けろと言っているのだ。
「我々は君を保護しに来た」
背後で声がして、アリスは振り返った。
そこには白の防護服を着たものが三名立っていた。
その中の一人が前に出て、窓を開いた。
外にいた一人が中に入ってくる。

「この邸宅はすべてテントで覆われている。大規模な生物災害(バイオハザード)を想定しているのだ」

マイクを通し、人工的な歪んだ声だった。

「我々もまだ何があったのか事実関係を摑(つか)みきれていない」

「何があったんだ」

「それを教えてもらいたい」

見分けのつかない白ずくめの男たちが次から次に話し掛けてきた。

「地下は閉鎖されたの?」

アリスは尋ねた。

ここまでどうやってきたかも覚えていないのだ。

「ああ、閉鎖された。もう誰も出てこられない。発見されたのは君たちだけだ」

「君たち……」

「そう、もう一人はS．T．A．R．S．の隊員だったよ」

「誰?」

一人として生き残っているものはいないはずだった。

「ええと」それは腕につけられた端末を操作した。「ええと、カプランとかなんとかいうはずだ」

「駄目だ！」

アリスは怒鳴っていた。

「それはカプランじゃない」

死んでいたその姿が目に浮かぶ。

額には生々しい穴が空いていた。

弾丸は額を通り後頭部で炸裂していた。

生きているはずがないのだ。

「どこに運んでいったの」

アリスは一人の男に掴みかかって言った。

餌を見つけた蟻のように、残りの男たちがわらわらと近づいてきた。

「駄目よ！」

アリスは叫ぶ。

腕を掴まれた。

振りほどくと同時にその顔面に裏拳を叩きつけた。

マスクが割れる。

その奥でひきつる男の顔が見えた。

首筋にちくりと痛みを感じた。

「冷静に」

誰かが言った。

「もう君は助かったんだ」

その手に注射器があった。

「何をした」

アリスの問いに答える者はいない。

「やめろ、カプランは」

視界が白く滲(にじ)んだ。

「大丈夫さ。彼はもう病院に連れて行った。助かるよ」

「助からない。それでは……」

ぐらり、と世界が揺れた。

何も見えない。

何も聞こえない。

そして意識が失せた。

2

幾度も目覚める夢を見た。
目覚めればまた夢。また夢。また夢。
終わりなく目覚める夢をアリスは見た。
そしてまた目覚めた。
白い壁と白い天井。
病院だ。
病院に収容されたんだ。
よかった。
無事だった。無事にここまでたどり着いたんだ。
そう思いながらアリスは大事な何かを忘れていることに気づいていた。
何だ。
何かを忘れている。
「どうですか」

声を掛けたのは白衣を着た男だ。

白衣にはアンブレラ・コーポレーションのロゴがある。

「あなたは」

「調査委員です。今回の不幸な事件がどうして起こったのか、ですね。それを調査しなければならないわけです」

「それは、つまり——」

男は顔をアリスに近づけた。

「〈蜂の巣(ハイブ)〉で何があったんだ」

ハイブ……。

そうだ。

我々は地下に向かった。

我々？

それはいったい……。

「混乱しているようだね。無理もない。無謀なテロリストによって——」

「違う」

アリスは言った。

リサとの会話が唐突に思い出される。

アンブレラ・コーポレーションを潰すのよ。

「あなたたちは」アリスが言った。

「今回の事故を隠蔽するつもりね。そのために私をここに連れてきた。でも私を黙らせることはできないわ。私は――」

「君は自分のおかれている状況の重大さに気がついていないんだ。いいかい。我々に協力しなさい。それしか君の、いや、我々の救われる道はないんだよ」

その時だ。

「カプラン！」

天啓のようにアリスはそれを思い出した。

その声で、調査委員と名乗る男はびくりと身体を震わせた。

「どうしたんだね」

「カプランはどこに行ったの」

「この病院にいるよ。残念だが、君よりはずっと重傷だったようだ」

アリスは上体を起こした。

顔にテープでつけられていたチューブをむしり取る。

腕につけられた電極やチューブや針も取り去った。

「何をするんだ」

男は横にあったナースコールを押した。

「私はここでどれほど眠っていたの」

「数時間だよ」

「カプランは何号室にいるの」

「彼はまだ面会謝絶だ」

「面会なんかできやしない。カプランは死んでいるんだ」

「何を言っている」

アリスはベッドから降りた。

「待ちなさい」

調査委員が腕を摑(つか)んだ。

それを振り払う。

看護婦たちが入ってきた。

「どうしたんですか」

「行かなきゃならないの」

アリスは看護婦たちを掻き分けて外に出ていこうとした。

「待てと言っているだろう」

後ろから調査委員が肩を摑んできた。

その手を押さえて振り返った。

関節を絞めあげ、腕を背後にねじる。

「カプランはどこにいる」

ねじる腕に力を込めた。

「折るわよ」

その言葉が真実であることを男は実感したのだろう。すぐに答えた。

「わかった。カプランはこの病棟の二四五号室にいる」

アリスは腕を離し、走った。

走ると目眩がした。

脚がふらつく。

部屋の前のプレートを目で追いながら走る。

二四五号室。

そこには面会謝絶の札が下げられていた。

アリスはノブを引き抜く勢いでドアを開いた。
そこには誰もいなかった。
いや、一人いた。
床に倒れている白衣の女だ。
女の首は、大きく嚙み切られていた。
まるで野犬か何かに襲われたかのように。
アリスはその死体に近づき、その首をねじった。
二度と目覚めぬように。
しかしそれを見た者たちはそうは思わなかったようだ。
駆けつけた看護士たちに押さえられ、アリスはまたもや鎮静剤を打たれた。
たちまちのうちに昏倒する。
悪夢がまたしてもアリスを捕らえた。

3

眠い。

たまらなく眠い。
眠気の中でもがく。
起きねばならないという意識だけがある。
幾度か起き、薬を投与された。
薬が与えられている限り、彼女は起きることなどできない。
白衣の人間が周囲をうろつき、消えていく。
苛々した。
すべきことが彼女にはあった。
それをなすべきなのに、眠りはずっと彼女を捕らえて離さない。
ドブ泥の底でもがいているような気分だった。
苛立ちはどこへも向かえない。
苦しみさえも夢の中だ。
何もかもが曖昧で、ただひたすら眠い。
すべての欲望が眠気に変換されているかのようだ。
しかし、今、もがく手が空を掻いた。
どうやら泥から抜け出たようだ。

時間が私の味方をしてくれる。
漠然と彼女はそう考えていた。

4

時間が経過する。

時が経つ。

少しずつ、力が甦っていく。
少しずつ、意識が甦っていく。
泥を詰め込まれたような怠さが、汗とともに流れ出ていくような気がした。
誰。
そこで動いているのは、誰。

カプラン！

時が経つ。

5

そしてアリスは目覚めた。

身体中につながれたコードをむしり取った。

電極の針がありとあらゆるところに刺さっている。

それも引き抜く。

腕と喉(のど)に刺さっている注射針も引き抜く。

アームに吊(つ)るされている薬液の袋はどれも空になっていた。

部屋に窓はない。

身体を起こした。

尿道からカテーテルを引き抜く。

痛みが走る。
その痛みに命を感じる。
生きている。
そう思うと笑みが浮かんだ。
ベッドから降りた。
倒れそうになる。
脚や腕から筋肉がごっそりと落ちていた。
どれぐらいの時間ここに眠らされていたのだろうか。
身体の衰弱ぶりから見ても、一日や二日ではないだろう。
病室を出た。
廊下にも誰もいなかった。
カルテらしき書類がそこかしこに散らばっている。
そして床に散った赤黒い染みは乾いた血だ。
医師もいない。
患者もいない。
無人の病院をアリスは歩いていた。

ナース・ステーションにも誰もいなかった。

何か手掛かりはないかと中に入った。

「はーい」

背後から声がした。

振り向くが誰もいない。

「あなたは誰なの」

その声はモニター横に置かれたスピーカーから聞こえていた。

「私はアリス。あなたは……赤の女王？」

「赤の女王を知っているのね」

「いろいろとあってね」

「私は白の女王。彼女とは姉妹」

「どちらが妹？」

「赤の女王が後でつくられたの。だから彼女が妹ね」

「あなたもプログラムなのね」

「そうよ。アンブレラ・コーポレーションのネットワークを統括するのが私の仕事」

アリスは事務机を前に椅子に腰を下ろした。

「疲れたのね」

「どこで見ているの」

「いろいろ。この病院はアンブレラ社の施設だから、防犯システムに私が直接アクセスできるのよ。だから監視カメラはすべて私の目」

「なるほど」

アリスは周囲を見回した。

天井からテレビカメラが彼女を見下ろしていた。

「今は……いつなの」

白の女王は年月日を告げた。

ここで少なくとも半月は拘束されていたことをアリスは知った。

「ここで何があったの」

「わからない。事実は何もわからないわ。でも推測はできる」

はあ、と白の女王は溜息(ためいき)を真似た。

「なにそれは」

「虚しさの表現よ。いいこと、私には止めることができなかった。この病院は汚染されていた。おそらく〈蜂の巣〉で研究されていたはずのT・ウイルスでしょうね。これは赤の女王の管轄で、私の知り得る情報はわずかだわ。それでも〈蜂の巣〉から漏れた細菌兵器がどれほどの影響をこの世に与えるかぐらいはわかる。この病院の中で広がっていく状態を見ただけで感染がおそらく二週間もかからず合衆国全土に広がるであろうことがわかった。その後は世界滅亡までわずかな時間しかないでしょうね」

「赤の女王は言っていたわ。全人類が感染するまで二か月だそうよ」

「でしょうね。だから私はそれを封じようとした。でも私は赤の女王ほどの権限が与えられていないの。ここを閉鎖しようとしたけれどできなかったわ」

「外に……漏れたのか」

「そう。そして世界はなるようになった、でしょうね」

白の女王は再び溜息を真似た。

「それで、あなたはどうするの」

そう問われ、アリスはしばらく考え、答えた。

「行くわ」

「どこへ」

「ここよりも安全な場所」

「……そんなところはないかもしれないわ」

「希望を捨てたことがないのよ、私」

「私はネットワークを通じて全国のアンブレラ社のコンピューターを利用することができるの。あなたの役にたつかもしれないわね」

「私と一緒に旅をしたいってこと?」

「そうね」

「で、私はお礼に魚の詩を聞かせてあげたらいいのね」

「どういうこと?」

「わからないならいいわ。で、どうすればあなたを連れていけるのかしら」

エピローグ

晴天だ。

雲ひとつない青空。

乾いた風に、しかしわずかに腐臭が混ざる。

腐臭は馴染みの臭いだ。

風に乗り鼻に届き、風がまたそれを吹き消す。

意識しなければ気づくこともない。

アリスは眠くて仕方がなかった。

車が蛇行しているのは時折彼女が眠ってしまうからだ。

どこかに停めて休息すべきなのかもしれない。そう思いながらもアリスはハンドルを離さない。できれば陽のあるうちにマンハッタン島へ入りたかった。

後部座席には剝き出しの銃器が山を成している。拳銃から軽機関銃、突撃銃にロケット砲まで、武器の博覧会が開けそうだ。弾丸や爆薬も箱詰めになって、これまた山ほど積み込まれている。

車が大きく道を外れた。

「アリス！」

大声をあげたのは助手席におかれたラップトップ・コンピューターだ。

「寝てた」

「そんなに眠いのなら路肩に寄せて眠りましょう」

「そんなことをしていたらまた野宿よ」

「野宿もいいじゃないですか」

「それで、本当にマンハッタンに渡ったら生きている施設があるのね」

「間違いないわ。地下研究所で百人以上の研究者が現状の分析を続けている」

「百人！　今までで最高じゃない」

「そう、最高よ。おそらく全米で最も人口が集中しているところかも」

「私は楽しめるかな」

「楽しめるわ。ゾンビ・ハンターとして充分にね。それなりの報酬もあるはずよ」

「じゃあ、やっぱり眠っていられないわね」

アクセルを踏み込んだ。

タイヤを軋(きし)ませ、乗り捨てられた乗用車やトラックの間を抜けて走る。

人は何処にもいない。

通行人も運転手も同乗者も、誰もいない。

風に吹かれて舞い上がる紙片は百ドル札だ。誰かが持って逃げようとしたのだろう。今は拾うものさえいない。

アリスにしてもそんなものを拾うつもりはない。

彼女は上機嫌だった。

この世界は暴力と死で溢(あふ)れている。

それはあまりにもありふれた存在なので、彼女がそれを愉(たの)しんでいることを知るものなどどこにもいない。

知られたところで、今さら困ることでもないのだが。

晴天だった。

雲ひとつない青空を見上げ、彼女はたったひとつの願い事を神に祈った。

あいつがまた私を追いかけてきますように。

それに応(こた)え、哀しげな咆哮(ほうこう)が聞こえたような気がした。

しかしそれは、腐臭と同じく、すぐに乾いた風の中に消えていってしまった。

了

解説

笹川吉晴

ホラー映画が生み出した、最も映画らしいモンスターとは何だろうか？

サイレント時代からの人気者で、ベラ・ルゴシが決定付け、クリストファー・リーが駄目押しした貴族イメージからさらに発展を遂げ、さまざまなセックス・アピールを振り撒いているドラキュラと吸血鬼の一族。

同じく、かのエジソンの会社でも映画化され、やがて、あまりにも強烈なボリス・カーロフの姿が、イコンとして独り歩きしてしまうことになるフランケンシュタインの怪物。

映画がその〝伝説〟の大半を発明し、変身シーンが進化して見せ場となっていく狼男や、〝ファラオの呪い〟の与太話からひねり出された、純ハリウッド産のミイラ男。

それとも、アンソニー・パーキンスやアンソニー・ホプキンスという肉体を得て、〝ヒーロー〟となったノーマン・ベイツやハンニバル・レクター。

そして、ジェイソンやフレディ・クルーガーやレザーフェイスやブギーマンｅｔｃ．…

…映画オリジナルの怪人たち――。

しかし、こうしたキャラクターの立っている人気モンスターたちを差し置いて、青黒く腐敗した身体でのろのろと歩き回り、周りの人間に手当たり次第にかぶりつく鈍重で愚鈍な木偶の坊こそ、私はホラー映画を象徴するスターだと思う。そう、ゾンビである。

彼らほど、映画によってそのイメージを作り変えられてしまったモンスターも珍しい。この方面に少し詳しい人であれば、ゾンビというものがもともと、カリブ海に伝わるブードゥー教の呪術師によってその意のままに動かされ、単純作業をこなす歩く屍体のことであったことをご存知だろう。そこでたまたま手元にあった辞書をめくってみるとこうある。


ゾンビ【zombie】①ブードゥー教でいう蛇体の神。②怪奇映画に登場する無言・無意志で歩き回る死体。

（『大辞林』三省堂、一九八九年）


死体を動かすために吹き込まれる蛇体の神、という本来の意味と並んで、映画におけるゾンビの姿がなんとも端的に定義されているではないか。つまり映画におけるゾンビはもはや、民間伝承とは別のものになってしまっているのである。これを、吸血鬼や狼男が映画においてもあくまで伝説のヴァリエーションであることと比べてみれば、その特異性が分かるというものだ。

ドラキュラやフランケンシュタインの怪物も原作を離れて、イコンとして独り歩きしているって?――確かに。しかも、ルゴシやカーロフの映画におけるヴィジュアル・イメージが、その根底にははっきりとある。

しかし、だ。彼らは基本的に固有のキャラクター――〈個人〉である。たとえ怪物くんの手下となって「フンガー」とか「ざます」などと口走るに至っても、それはあくまで個人の問題。例えば吸血鬼という種族全体に影響を及ぼすことはない。むしろ、自ら率先して作り上げた種のキャラクターがしっかりしているからこそ、脱線もできるというものだ。これは他の怪人たちも同じこと。

ところがゾンビという種族には、求心力となるカリスマがいない。にもかかわらず――あるいはだからこそ、か――彼らはあるとき、一夜にして大変貌を遂げてしまったのだ。呪術師の命ずるままのろのろと、ただ単純作業をこなすだけの主役など到底張れない下僕=労働者から、スクリーンを所狭しと席巻する現代のスターへと。

もちろん何のことだかお分かりだろう。〝あるとき〟とは一九六八年、ジョージ・A・ロメロ監督の『ナイト・オブ・ザ・リビング・デッド』である。

この映画がゾンビについて為したこと、それは〈過去〉との断絶だった。彼ら自身の存在としても、映画としても。

それまでのゾンビは『恐怖城』にしても『生と死の間』にしても『吸血ゾンビ』にしても、伝承通りブードゥーの呪術が生み出したモンスターだった。ときには、マッド・サイエンティストや宇宙人がその主人となることもあったけれど、何らかの人為的テクノロジーによって意図的に生み出され、その製造者の命令に従って行動することしかできない単なる作業機械、という基本線は変わらなかったわけである。

しかし、ロメロのゾンビはそうした呪縛から無縁だ。彼らが墓から甦った理由は――不明。はっきり言って、ナシ。そんな気まぐれな彼らを動かすものは、ただ食欲のみ。因果の鎖から解き放たれて、ゾンビたちは自らの食欲を充たすため、勝手気儘に歩き回る。奴隷は解放されて、自由な市民としての権利を獲得した。それと共にヒエラルキーも解体されていく。

例えば貴族ドラキュラを頂点とする、増殖していく吸血鬼の階級ピラミッド。あるいは孤高の悲劇の主人公となる狼男や、フランケンシュタインの怪物。生前の邪悪な行いがクローズアップされるミイラ男。歪んだ生い立ちが特異な人格という異形性を生むノーマン・ベイツ――。ゾンビには、こうした特権的な性格は与えられていない。彼らにはドラマもなければ固有性もない。ひとたびゾンビになるや個人としての生はことごとく消え去り、まるっきり没個性の〝大衆〟に紛れ込む。
吸血鬼は吸血行為によって、自らには劣るエピゴーネンを生み出すけれど、その増殖行為をリチャード・マシスンの『地球最後の男』からコピーしたロメロのゾンビは、喰った相手を自分とまったく同じものに変えて、やむことなく増え続けていく。無限の自己増殖はモンスターを特権的な地位から引き摺り下ろし、誰もが成りうるありふれた存在へと矮小化してしまうのだ。まさにインフレ状態である。なにしろ吸血鬼なら、〝食糧〟を温存するため仲間にする相手を選ぶけれど（皆吸血鬼になってしまったら、誰から血を吸う？）、ゾンビにはそんな頭はない。手当たり次第にかぶりつき喰い尽くす。こうして人類全員がゾンビになってしまったら、それは破滅か、それとも永遠に癒されることのない飢餓状態なのだけれど。

　こうした断絶と解体の物語である生ける屍者の夜は、しかしまだ明るい夕方に始まって、完全に夜の明けきった朝に終わる。そこでは、恐怖の本体が堂々と日の光の下に姿を現しているわけだ。しかも、それは単なる〝恐怖の一夜〟では終わらない。夜が明けるや、歩く屍体は世界中に広まっていく。屍体狩りに興じるハンターたちにとって、もはやそれは〝日常〟だ。

　こうして恐怖は限定的なものでなく、どこでも常にそして永遠に続くものとして、世界に向かって開かれた。

スプラッターの父、H・G・ルイスは様式美を破壊するだけだったけれど、ロメロは破壊した先に新たな道を提示して見せた。唐突で、あからさまで、逃げ場も終わりもない恐怖——。一九七〇年代、幾人かの監督が徒花のように模索しつづけたホラー映画の、ここが出発点だったと言っていいだろう。奇しくも、SF映画を変えた『二〇〇一年宇宙の旅』と同じ年。

七〇年代に入り、『ナイト〜』に続く衝撃は次々とやって来る。ロメロの『ザ・クレイジーズ』『マーティン』、トビー・フーパーの『悪魔のいけにえ』、デヴィッド・クローネンバーグの『シーバース』『ラビッド』『ザ・ブルード』、そしてジョン・カーペンターの『ハロウィン』。彼らの描く恐怖は明快だが唐突で非合理、暴力的で終わりがない。それは殺伐としていて、かつてのホラー映画が漂わせていた夢想的なムードは欠片もない。

例えば『悪魔のいけにえ』の殺人一家や『ハロウィン』のブギーマンを思い浮かべてみよう。彼らがなぜあのような怪物になったのか、その説明は何もない。にもかかわらず、彼らは疑問の余地なく明確に存在する。そしてそれらのラスト、怪物は消えることなく存在し続ける。もはや恐怖の蔓延は自明のこと。世界は恐怖で満ちている。

一方、『シーバース』や『ラビッド』では、実験によって人間が怪物に変容する。それは科学者が抱く人類進化のヴィジョンであって、その意味では必然性があろう。しかし、いったい何を考えてのヴィジョンなのかはよく分からない。

それでも、それだけならば従来のマッド・サイエンティストと変わるところはない。だが、先人たちの業績が研究室内での個人的な手慰み、せいぜい近所の田舎町を驚かすくらいだったとすれば、クローネンバーグ作品では怪物は外の世界へと波及していく。おそらくその先に意識されているのは、世界自体の変容だ。

ゾンビの父、ロメロはさらに意識的である。平和な田舎町の住人がまるごと殺人狂と化し、鎮圧に来た軍隊と修羅場を繰り広げる『ザ・クレイジーズ』では、昆虫のような防護服に身を固めた殺戮集団も、揺り椅子に腰掛け編み物をしている老婆も等しく異形のものである。ごく普通の田舎町であるにもかかわらず怪物だらけ、いや怪物しかいないのだ。しかもそこには何の因果も存在しない。たまたま、細菌兵器を積んだ輸送機が近くに墜落しただけ。

あるいは〝吸血鬼〟の孤独な日常を淡々と描いた『マーティン』では、彼が本当に吸血鬼なのか、単なる吸血嗜好者に過ぎないのかは問われない。彼を忌避する老人も彼自身も、吸血鬼だからということで一応いろいろな決まりごとを試してみるが、どれも何の役にも立たない。犠牲者の血を浴びる怪物も、現代では電話相談室に悩みを打ち明ける孤独な匿名青年に過ぎないのである。

そして、こんな匿名の恐怖が蔓延する七〇年代を、ロメロは再びゾンビによって締めくくった。

七九年公開の『ゾンビ』では、世界は相変わらず何の説明もないまま、すでにゾンビによって覆い尽くされている。ショッピングセンターという日常空間での、ゾンビとの共同生活。もはや我々はゾンビに喰われるか、自らもゾンビになるかという二者択一の末路しか定められていないのだという絶望が、そこには満ち満ちている。

実際この直後、八〇年代にゾンビは急速に地に満ちた。その繁殖のありさまについては例えば、同人誌とは思えぬハイクォリティの労作『ゾンビ手帖』などに詳しく（完売してしまったそうで入手は今や困難ですが）、また、ガッツがあるなら実際にレンタルや中古のヴィデオショップを覗けば、彼らが山のように待っている。

だから、ここで問題にしたいのは一本、ダン・オバノン監督の『バタリアン』だ。『The Return of the Living Dead』という原題通り、この映画は『ナイト・オブ・ザ・リビング・デッド』が現実に起こった事件を基にしている、という設定の下に描かれている。つまり、ロメロ作品の存在を前提にした続編的パロディなのだ。一度定着してしまった怪物は、もはやパロディとしてしか存在できないのか。

当のロメロ自身も同じ年（八五年）、ゾンビ三部作の完結篇『死霊のえじき』において、ゾンビの氾濫によって地下に追い込まれた人間が、ゾンビを飼い馴らすことで辛うじて生き延びようとする姿を描いて見せた。ゾンビにさまざまな芸を教え込む老科学者の、切実な滑稽さよ。際限のない自己増殖の果てに行き着く袋小路が、ここには提示されている。

「夜（Night）」「夜明け（Dawn）」に続く『Day of the Dead』という原題には、「日」という意味と共に「時代」という意味を感じずにはいられない。『死者の時代』とはまた、我々の時代のことでもあるのか。

だからロメロと同様にフーパー、クローネンバーグ、カーペンターらは過去との危うバランスを取り続ける。

SF／ホラー少年であった彼らはしかし、過去の作品にストレートなオマージュを捧げることにはいささか慎重だった。ロメロが自らの趣味を前面に押し出したのは、臆面もなくECコミックスへの愛を謳った『クリープショー』のみだし、フーパーは大好きな『惑星アドベンチャー／スペースモンスター襲来』をストレートにリメイクしたことがあるだけだ。カーペンターは敬愛するハワード・ホークスの男性活劇『リオ・ブラボー』と『遊星からの物体X』をしかし、きわめて神経症的なサスペンスとして再生してしまった。クローネンバーグに至っては過去の遺産に無頓着、というよりもともと興味もないから、『蠅男の恐怖』のリメイクにもノスタルジーは欠片もない。

七〇～八〇年代を通して彼らの作品に刻印されていたのは、すでに動かしようもなく自明のものとして存在する世界の閉塞と、にもかかわらず何か変えうるのではないかと試みる意志との緩やかなせめぎ合いではなかったか。

ここでようやく、本稿の主役が登場してくる。《BIOHAZARD》と牧野修だ。

一九九六年、カプコンから第一作目が発売されたゲームソフト『バイオハザード』は、現在までに四本のストーリーが創られ、さらに二本が製作中という超人気作である。その世界観やヴィジュアル、とりわけ原点となる一作目のそれには、ロメロ・ゾンビの影響が濃厚に見られることは言うまでもない。森の中の館という舞台や、市警特殊部隊の主人公という設定、あるいは二作目における市内の地獄絵図などには、ロメロの三部作が明らかな刻印を刻みつけている。そういえば、ロメロ作品の舞台となるピッツバーグは、『バイオ～』のラクーンシティと同様、工業都市だ。

実際、今回こうしてポール・W・S・アンダーソンの下に結実した映画化も、当初はロメロによる監督が予定されていたほどである。現実には、ロメロはゲーム二作目のCMを演出したのみだったというところにも、例の自己増殖の影を感じないこともないのだが、それはまた別の話。

実は『バイオハザード』についてもう一つ私が想起するのは、先述の『バタリアン』なのだ。ロメロ・ゾンビの存在を自明の前提とし、ごく普通にガジェットとして取り入れていく手つきはもちろん、軍や企業とゾンビのかかわり（やはりゾンビは人為的に造り出される――！）、そこから生まれるポリティカルな展開には、ロメロ・ゾンビの亜流中『サンゲリア』と共に最良であるこのブラックユーモア作が見事に成し遂げた換骨奪胎と、同等なものが感じられる。

さらに言うなら、さまざまに名づけられたモンスター・キャラ――これは『バタリアン』公開時に、日本の配給会社・東宝東和が独自につけた「オバンバ」「タールマン」などのキャラ名を思い起こさせる。そもそも『バタリアン』という邦題自体が、映画そのもののキャラクター化だ。無機質な匿名性の恐怖に耐え切れず、名前を与えることで個性を見出し、無理やり笑い飛ばした八〇年代後半。ジェイソンやフレディがヒーローと化し、ホラーは陽性、と言っておかしければアミューズメント的なエンターテインメントに急速に傾いていった。しかし、十年後の『バイオハザード』は同じようにモンスターたちに名前をつけつつも、あくまで強面。正面から恐怖を引き受けるだけの成熟がここにはある。

ようやく日本においても、曲がりなりにもエンターテインメントの一つの手法として確立し始めた〈ホラー〉の言わば象徴――ホラーに何が出来るかを問う試金石の一つとして《バイオハザード》というシリーズはある。牧野修が映画『バイオハザード』のノヴェライゼーションを書く意味も、その辺にあるのではないか。

一九五八年生まれの牧野修にとって、七〇～八〇年代ホラー映画群が親しいものたちであったことはエッセイ、インタビューなどからも窺える。その中でも、とりわけクローネンバーグに感じているというシンパシー――これはそうした発言を知らずとも、牧野作品に漲る感触が語っているはずだ。

クローネンバーグのホラー作品を貫いているモティーフ――医学的な肉体処理、あるいは感覚の拡張による、〝病〟としての人間変容。そして世界すらもが変貌を遂げていくというヴィジョン。『シーバース』『ラビッド』『ザ・ブルード』『スキャナーズ』『ビデオドローム』『デッドゾーン』『ザ・フライ』『イグジステンズ』と描いてきたそのヴィジョンと同質なものを、私たちは『MOUTH』に、『屍の王』に、『アロマパラノイド 偏執の芳香』に、『スイート・リトル・ベイビー』に、『病の世紀』に、『だからドロシー帰っておいで』に、『傀儡后』に、そして幾多の短編に見て取ってきたではないか。さらには

『MOUTH』や『屍の王』で見せた、言語による世界変容を、クローネンバーグもまた『裸のランチ』において描いて見せている――。

身体的・感覚的な変容と意識の変革が言語を媒介にして等価に置かれ、閉鎖空間から始まったそれが世界に向かって開かれ波及していくという、黙示録的な開放感。だから『バイオハザード』という、人間を怪物に変容させながら世界に広がっていく物語の、その始源である地下研究所を牧野修が描くということは、それだけでもうスリリングなものがある。

しかも、クローネンバーグやロメロやフーパー、カーペンターらと同様に、牧野修もまた〝断絶後〟の作家であることは例えば、『傀儡后』における全身タイツの戦闘員を擁して、世界征服を企む秘密結社の扱いにも明らかだ。はっきりと『仮面ライダー』の名前まで持ち出しながら、しかしそれを〝おいしく〟使うことを、牧野修は拒否する。過去の作品に敬愛を抱き、ジャンルへの忠誠心もそれなりに持ちながら、しかし決定的にそれらと断絶している作家。

だから牧野修の描く『バイオハザード』は、たとえノヴェライゼーションであろうとも、これまでにも彼がものしてきたいくつかのゲーム・ノヴェライズと同じように、決して既存の世界に奉仕するだけの小説にはなれないはずなのである。隙あらば逸脱しようと油断なく身構えている、猟犬のふりをした狼。それが牧野修の『バイオハザード』だ。恐怖と、それ以上にアクションに物語を収斂させる映画版に対して、牧野修の小説はいったいどこに軸足を下ろそうとするのか。目を離せないはずである。

それにしても、なんておぞましくも痛快なことだろうか。全ての始まりが牧野修に任されるなんて。だから密かに期待してしまうのだ。その先にいつか、牧野修オリジナルの『バイオハザード』が発生しはしないかと。ひょっとしたら、それはゲームの世界の既成概念を、著しく変容させるものになるのではないかと思うのだけれども。

（文芸評論家）

引用はすべてルイス・キャロル『鏡の国のアリス』岡田忠軒訳からのものです。

バイオハザード
ポール・W・S・アンダーソン=脚本
牧野(まきの) 修(おさむ)

角川ホラー文庫　H66-4　12550

平成14年 7月25日　初版発行
平成14年12月20日　5版発行

発行者——福田峰夫
発行所——株式会社角川書店
東京都千代田区富士見2-13-3
電話/編集(03)3238-8555
営業(03)3238-8521
〒102-8177 振替00130-9-195208
印刷所——旭印刷　製本所——コオトブックライン
装幀者——田島照久

ISBN4-04-352204-5 C0193

角川文庫発刊に際して

角川源義

第二次世界大戦の敗北は、軍事力の敗北であった以上に、私たちの若い文化力の敗退であった。私たちの文化が戦争に対して如何に無力であり、単なるあだ花に過ぎなかったかを、私たちは身を以て体験し痛感した。西洋近代文化の摂取にとって、明治以後八十年の歳月は決して短かすぎたとは言えない。にもかかわらず、近代文化の伝統を確立し、自由な批判と柔軟な良識に富む文化層として自らを形成することに私たちは失敗して来た。そしてこれは、各層への文化の普及滲透を任務とする出版人の責任でもあった。

一九四五年以来、私たちは再び振出しに戻り、第一歩から踏み出すことを余儀なくされた。これは大きな不幸ではあるが、反面、これまでの混沌・未熟・歪曲の中にあった我が国の文化に秩序と確たる基礎を齎らすためには絶好の機会でもある。角川書店は、このような祖国の文化的危機にあたり、微力をも顧みず再建の礎石たるべき抱負と決意とをもって出発したが、ここに創立以来の念願を果すべく角川文庫を発刊する。これまで刊行されたあらゆる全集叢書文庫類の長所と短所とを検討し、古今東西の不朽の典籍を、良心的編集のもとに、廉価に、そして書架にふさわしい美本として、多くのひとびとに提供しようとする。しかし私たちは徒らに百科全書的な知識のジレッタントを作ることを目的とせず、あくまで祖国の文化に秩序と再建への道を示し、この文庫を角川書店の栄ある事業として、今後永久に継続発展せしめ、学芸と教養との殿堂として大成せんことを期したい。多くの読書子の愛情ある忠言と支持とによって、この希望と抱負とを完遂せしめられんことを願う。

一九四九年五月三日

角川ホラー文庫
好評既刊

牧野修
スイート・リトル・ベイビー
第6回日本ホラー小説大賞長編賞佳作

児童虐待の電話相談をしている保健婦の秋生。人はなぜ、幼い子供を虐待しなくてはならないのか。そんな疑問を抱いていた彼女にかかってきた一本の電話。それをきっかけに、秋生は恐ろしい出来事へと巻き込まれていく……。

牧野修
アロマパラノイド
偏執の芳香

常人をはるかに凌ぐ嗅覚のため、「調香師」として世界的な成功を収めた日本人男性・�野。彼は、自分が調合する香水の香りによって、他人の行動を操ることさえできた――五感に訴えかける、衝撃の超感覚ホラー小説!

牧野修
だからドロシー帰っておいで

平凡な主婦・伸江は、ある日、異形の生物が闊歩する世界に紛れ込んでしまう。伸江は、やがてこの異世界に来た真の意味を見つける。それは、幼い時の体験に端を発するものだった。ＳＦ的創造力の極限に迫る力作!!〈書き下ろし〉

女友達

新津きよみ

29歳・独身、一人暮らしで特定の恋人は無し。そんな千鶴が出会った隣人・亮子。似た境遇の二人は友達づきあいを始めたが、一人の男をめぐって友情は次第に変化していく。女友達の間に生じた嫉妬や競争心が生んだ惨劇を鋭く描く。

婚約者

新津きよみ

雪子の憧れの人は、8歳年上で大学生の従兄・賢一。大人になったら結婚したいとずっと願ってきたのに、賢一には他に好きな女性ができて……。少女の無邪気な残酷さと、大人の女のしたたかさを描く、傑作ホラー・サスペンス。

愛読者

新津きよみ

駆け出しのミステリー作家・仁科美里のもとに、ファンレターが二通届いた。一通は音信不通だった友人から、もう一通は「愛読者」と名乗る謎の男からの不気味な手紙……。驚愕のラストへ向けて読者を誘うノンストップ・ホラー。